レジェンドノベルス
LEGEND NOVELS

女王陛下の異世界戦略《ストラテジー》

1

contents

レジェンドノベルス
LEGEND NOVELS

女王陛下の異世界戦略《ストラテジー》

1

主人公が降り立った世界の国境事情

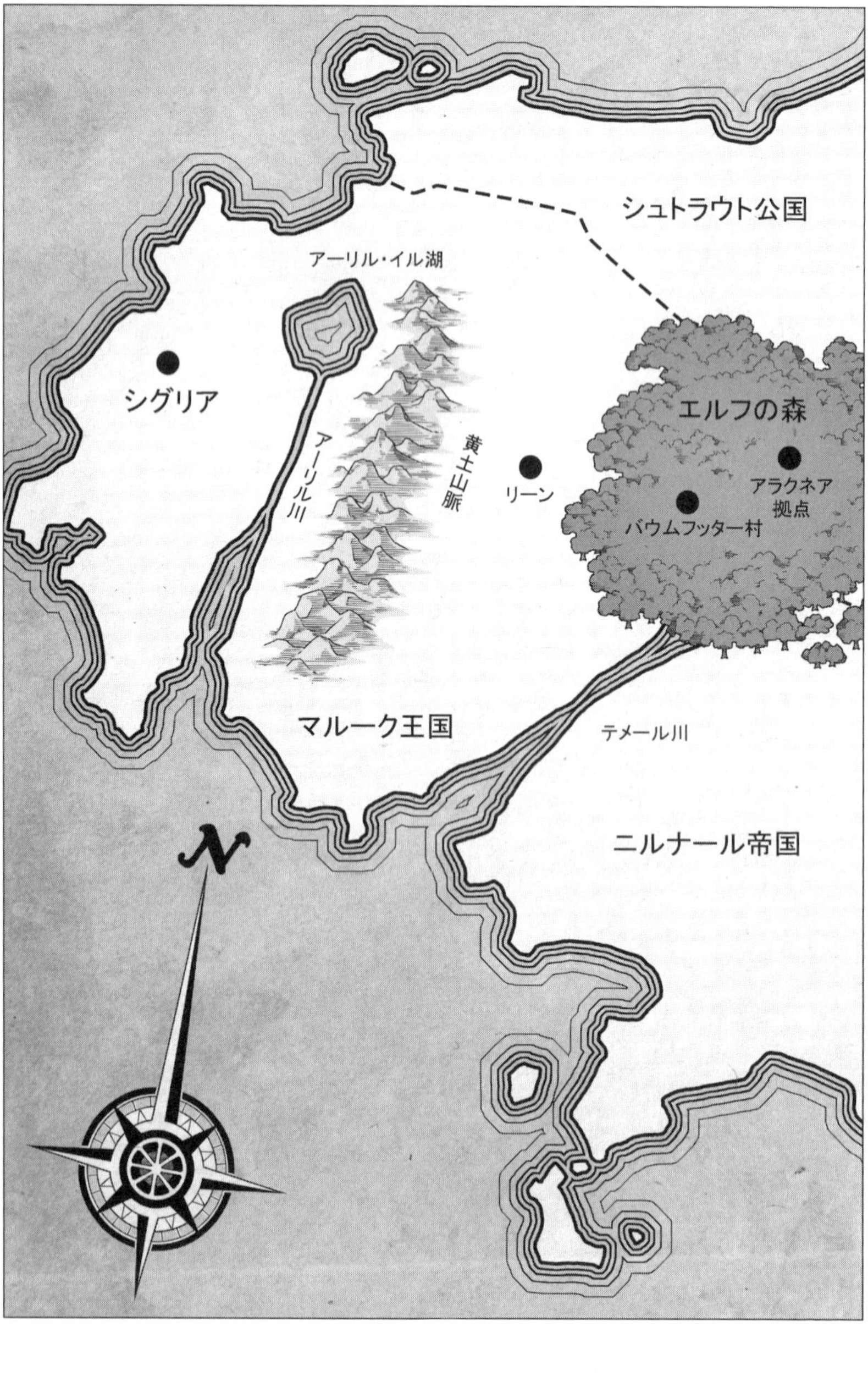

——プロローグ

それはおぞましい異形の軍団。それは悪意と殺意の集合体。それは覚めない悪夢の体現。それは凄惨な死の象徴。それは凶兆を知らせるものたち。それは黒死病のごとき死の舞踏を演じ、死者と生者の踊る滑稽なメメント・モリの役者がひとり。

狂気の淵《ふち》より出《い》でて、溢《あふ》れていくそれら異形のものたちが洪水。流されていく村、都市、国家。

すべてを押し流すものたちの、その名は——。

＊

とあるリアルタイム・ストラテジーゲームがあった。

よくあるファンタジーの世界でさまざまな勢力が争っているという設定のゲームだ。登場する陣営はすべてで二十一陣営ほどだったか。

それら二十一ぐらいの陣営はそれぞれ善、中立、悪の三つの属性に分かれる。

善の属性で信仰心によって力を得る「マリアンヌ」。中立の属性で古代から竜が統治する「グレゴリア」。悪の属性で世界の破滅を願う蛮族が支配する「フレイム」。そういった特色あるさまざまな陣営があったと記憶している。それぞれの陣営が独特なユニットや施設を有し、それに応じた戦略があるのが楽しかったと覚えている。

そのゲームでの私のいちばんのお気に入りは悪の属性を持つ「アラクネア」という陣営だ。

アラクネア。

これは昆虫――というよりも蜘蛛《くも》に似たデザインのユニットで、政治体制としては全体主義を信奉し、生態としては女王を中核にコロニーを形成し、軍事的には敵の死体の肉すらをも食らって軍隊を構築し、外交としては交渉などいっさいなく外部の陣営を無差別に侵略するというとんでもない戦争屋の陣営だ。

ファシズムを皮肉ったというべき陣営かもしれない。だが、私はこの陣営が使いやすく、またそれぞれのユニットに愛嬌《あいきょう》があって気に入っていたので、オンライン対戦ではもっぱらこの陣営ばかりを選んで使っていた。

初期にラッシュをかけるもよし。戦力をためて世界を覆い尽くすもよし。とてつもなく高コストのユニットで相手を押しつぶすもよし。アラクネアは外交を除けばピーキーな一部の陣営と違って比較的オールラウンドの能力を持っていたと言えるだろう。

私は何度もネット対戦で勝利を収め、ネットで開催された大会で優勝したこともある。

そんな「アラクネア」で連戦連勝の私にプレイヤーがつけたあだ名は「蟲姉《むしねえ》」。なかなかチャーミングなあだ名で私は個人的に気に入っていた。

〝蟲姉は本当にアラクネア使いだね〟

〝実際の虫とか平気？　私は蜘蛛はどうしても苦手〟

〝蟲姉が苦手なネクロファージ陣営の攻略方法があったよー〟

などと仲間たちとチャットでゲームのことについてあれこれと会話し合った記憶がある。攻略方法や新記録の達成のお祝いなど、チャットはいつも盛り上がっていた。

けど、もう何年もこのゲームで遊んでいた気がするのにタイトルが思い出せない。タイトルすら思い出せない。

思い出せない……。

私はどうして……。

私はいったい……。

意識がまどろんでいく……。

＊

カチッ、カチッ。

奇妙な音がするのに私の意識はわずかに取り戻された。

カチッ、カチッ。

時計の秒針の音とは異なる奇妙な音。まるで……ホチキスの音を何倍にも大きくしたような、金属と金属がぶつかり合う音。不愉快で、あたかも危険を知らせる警告音のような音が私の耳の傍《そば》で鳴り響いた。

「……何？」

私は半分目を覚まし周囲を見渡した。

そして、息を飲んだ。

目の前に巨大な虫がいた。人間以上のサイズがある巨大な蜘蛛だ。

いや蟻《あり》か？　それとも蠍《さそり》？

そのたとえようのない生き物を前にして私は恐怖から思わずズッと後ずさった。だが、非情にも背後は冷たい壁だ。逃げ場がない。

私は周囲を見渡す。

蜘蛛もどきは無数にいた。何十、何百という数の蜘蛛もどきが、この私がいる薄暗い広間に群がっていたのだ。私は背筋が凍り付くという感触を初めて感じた。

食い殺される。

私は瞬時にそう思った。

「我らが女王陛下がお目覚めになられた」

「すばらしい。すばらしい」

だが、不意に蜘蛛もどきたちが声を発する。

私はここになってようやく思い出した。

この蜘蛛もどきたちは私が愛してやまない「アラクネア」陣営の種族であるスワームではなかったか？　そう、この蜘蛛のような生き物はスワームという名の邪悪な属性を持った生き物たちではなかったか？

このなめらかな曲線の美しく、黒く艶《あで》やかに輝く外殻、見るものを怯《おび》えさせる獰猛《どうもう》な牙、すべてを引き裂く鋭い鎌、強力な影響を与える毒針を持った生き物は私が何百時間もモニターで眺め続けたスワームではないのか？

そう、特に目の前にいるその体格には不釣り合いな長くて鋭い鎌と細長い手足が特徴的なスワームは初期ラッシュに使用する、最初期に大量生産が容易な初級ユニットのリッパースワームだ。間違いない。

私はこのリッパースワームの大軍でいくつもの陣営を十数分で葬《ほうむ》ってきた。リッパースワームの群れを阻止するには、堅牢《けんろう》な防御を必要とし、初期の資産を軍事以外に振り分けたものを容赦なく蹂躙《じゅうりん》する。私にはどこまでも懐かしいユニットだ。このユニットのおかげで大会でも優勝できたことがある。

そして、奥に見えるのはワーカースワームだ。いわゆる労働者ユニットで建物を建てたり、修理したり、攻城兵器を生産したりする。彼らの作る昆虫的な合理性に満ちた建物のデザインには私はいつも魅力を感じていた。グロテスクながら、美しさがある建物。それは高品質なホラー映画にでてきたものを連想させる。

さらに、その隣にいるのはディッカースワームだ。リッパースワームより生産コストがかかるが、その分彼らには特殊技能がある。穴を掘って、敵陣に潜り込めるのだ。奇襲専門のユニットであり、使いどころは難しい。だが、一度使い方をマスターすれば、攻城兵器なしで敵の要塞を落とせる頼もしいユニットになってくれる。

何年もあのゲームをプレイしていたはずの私が、どうしてこんなに重要なユニットたちのことを忘れてしまっていたのだろうか。

そうだ。私はなぜ記憶があいまいなんだ？

そもそもここはどこだ？

どうして私はこんなところにいる？

「女王陛下のご帰還だ」

「アラクネアに栄光あれ」

やはりだ。やはり彼らはスワームでここはアラクネアの陣営内だ。

だが、どうして私はこんなところにいるのか？

アラクネアというのはゲームの世界の話だ。けっして現実ではない。

ならば私は夢を見ているのか？

いや、夢にしてはあらゆるものがあまりにリアルだ。触《さわ》ればスワームのすべすべとした感触が感じられそうであった。そのカチカチと牙の鳴る音は夢の中では聞こえるはずもない反響を伴っていた。

これは現実。目の前にいるスワームたちも、この冷たい洞窟もすべてが現実。私はゲームの世界のものを現実として目の前に捉えている。

「女王陛下、ご命令を」

「我々は指導者を欲していました。我らを導く指導者を」

「我らを勝利に導いてくださる女王陛下の存在を」

「我らが中核をなす女王陛下のご指示を」

スワームたちが私の疑問を無視して言葉を続ける。

そして、すべてのスワームが両腕を掲げ、頭を下げる。スワームたちの服従を意味するしぐさだ。プレイヤーとして彼らを生み出すと彼らはこのポーズを取り、戦いに勝利するとプレイヤーに対してこのポーズをする。

それはアラクネアの蟲たちが取る唯一の友好的態度。ほかの誰にもこのような態度はとらない。ほかの者に対しては彼らは鎌と牙、毒針で応じ、いっさいの慈悲もなく敵を八つ裂きにして、その死体をむさぼるのだ。

だが、私は女王じゃない。

女王だと言われてもそんな役割は果たせない。

私を女王、女王と讃《たた》えるスワームたちに私は意を決した。

「私は女王じゃない」

決意を込めて私はスワームたちに向けてそう言い放つ。

「いいえ。あなたは女王陛下です」

「間違いなく我々の女王陛下です」

「お忘れになってしまったのですか？　我々を何度も勝利に導いてくださったことを」

何度も勝利に導いた？　オンライン対戦のことを言っているのか？　彼らは私がオンライン対戦

で勝利したことを記憶しているのか？　当の私がどうしてここにいるのかすらも記憶がないというのに？

「今回も我らを勝利にお導きください、女王陛下」

「我らが軍《いくさ》女神。無敗の女王。おお、アラクネアに栄光あれ」

「女王陛下、ご指示を。勝利のためのご指示を」

スワームたちは別々の個体が同じように喋《しゃべ》る。それは彼らが女王を中心とした集合意識で動いているためだ。全にして個、個にして全。ここの無数のスワームたちは、実際はほぼひとつの意識で動いている。個体差などわずかなもの。

何百体ものスワームたちが本当に私がアラクネアの女王だと信じている。

ここで私が女王でないと言い続けたらどうなるのだろうか？

すでに私にはスワームたちの意識が流れ込み始めているというのに？

そう、私の意識が集合意識に繋《つな》がれているのがわかった。私には彼らの考えていることが私にはわかる。彼らは本気で私が女王であると信じ込んでいる。ここにいる何百体ものスワームたちが私のことを女王だとして、勝利というものを渇望していた。その勝利というものがどんなことすらもまったくわかっていないというのに。

私を女王と崇《あが》めるスワームたち。そして理解できない私。

さて、それでもスワームたちに私が女王だということを否定し続ければどうなる？

「ハハハハッ！　ハハハハッ！」

もう笑うしかなかった。

どうしろというのだ？　これぐらいのことで発狂するほど私の精神は軟《やわ》じゃない。かろうじて生き残った正気が足を引っ張り、この状況にどうにか適応させようとする。精神がこのありえない現実を受け入れようともがき苦しみ、理性と常識が金切り声を上げてこの場から逃げ出そうとし、それを微《かす》かな自己保存の法則が必死に足止めする。

いっそ、発狂してしまえばすべてが楽だっただろうに。

だが、発狂しなかった以上、決めなければならない。

この場で女王であることを拒否し続けて私が敵《かな》うはずもないスワームたちによって失望されて八つ裂きにされるのか。それともここで女王であることを認め、この私の愛おしい蟲たちを率いることにするのか。

私はけっして死にたくない。私はまだ死が受け入れられるほど達観していない。

いや、心のどこかでは死を受け入れるという声も上がっている。だがそれは微弱な響きだ。私の中の大きな声は生き延びろと必死になって叫んでいる。

そして、長年私といっしょに――架空の世界とはいえど――戦ってくれたスワームたちの期待を裏切りたくもない。たとえそれがゲームの中の存在だったとしても、私のためにこれまで戦ってきてくれたスワームたちは私の友人であり、もっとも信頼できる部下だ。

さあ、ここまできたらもうわかるだろう。

答えがどっちかなど決まり切っているじゃあないか。

選択肢なんてありはしないのだ。

私が選ぶ道はただひとつ。

「いいだろう。私が女王として諸君を勝利に導こう。我らに勝利を!」

私は立ち上がり、伸びすぎて腰まで来た黒髪を翻《ひるがえ》すとそう宣言した。

どこまでも高らかに、自分が女王であることを世界中に誇示するように、すべてのスワームたちに忠誠を誓わせるように、これからの勝利が約束されたも同然のように私は宣言した。

「我らに勝利を。女王陛下万歳」

「我らに勝利を。女王陛下万歳」

スワームたちは私の言葉にカチカチと顎を鳴らして歓声を上げた。

異形の蟲に誓約した私はいったいどうなっているのだろうか。

私は理性的にものごとを判断したんだろうか?

それともスワームの集合意識に飲み込まれて狂っている?

そうとも言えるかもしれない。何の状況もわからずに、ただスワームに求められるままに軽々しく勝利を誓ってみせたのは愚かな行為だろう。もっと別の方法があるならば、それに賭けてみるべきだっただろう。これから先に起こるさまざまなことを考えるならば、もっと別の方法を必死になって探すべきだったのだ。

だが、私は蟲たちを見捨てることなく、女王となる道を選択した。

後悔はしていない。だが、これが狂った判断なのかはまだまるで見当がつかない。

改めて問おう。私が狂っているのだろうか？　そう思われる要素は節々にある。記憶のあいまいさ、状況把握の不徹底。どこまでも愚かな判断であり、私が狂っていると思われる要素は顔をのぞかせている。それでも、今の私に――スワームの意識に飲まれつつある私にそれを判断する術《すべ》はない。

この世界のことも、どうしてこの世界にやってきたのかも、どうして私がアラクネアの女王になったのかもすべてがわからないのだ。

――それでも私は正気だ。そう信じたい。いいや。そう思い込んでいるだけであって、やはり私は半ば狂っていたのかもしれない。

そうでなければ、ここにいる無数の怪物たちによってこの世界を破局に追いやる決断を容易に下したりはしないだろうから。

かくて、私はアラクネアの女王となった。

――そして、結果として私は最悪の虐殺者となってしまった。

──現状確認

すべてがスワームの集合意識に飲み込まれ、かつての私の記憶を完全に忘れ去ってしまう前にこの探索中に偶然入手したメモ帳に記録しておく。

私は十八歳大学一年生。日本に生まれ、日本で育った。

友達は現実ではそこまで多くはなかったが、ネットの友達は大勢いた。主にゲーム繋《つな》がりで。ゲームのことになるといくらでも会話ができる。我ながらリアルでは貧しい、ネットに依存したむなしい人生を送ってきたと思う。それでも後悔はしていないし、そのむなしい日本での生活に未練がないわけではない。

私は帰る。必ずこの世界から。

スワームたちには勝利を約束したが、私は結局のところ利己的なのだ。この未知の世界で意味不明な勝利を望むよりも、今は明確な目標である日本に帰ることのほうが重要であることは隠しようがない。これは集合意識を通じてスワームたちに通じているだろうが、彼らは沈黙を守ったまま何も言おうとはしない。

彼らは私が元の世界に帰ろうとしていることを容認しているのだろうか。それとも元の世界に私と共に旅立って、元の世界もスワームの濁流で押し流そうと考えているのだろうか。

いずれにせよ、スワームは私が元の世界を目指すことを否定してはいない。

ならば、私はどうにかしてこの世界の中から元に戻る手段を探し出す。

それが何なのかは、まるで見当もつかないのに。

だが、いつか、必ず。

——さて、そんな私が最初に選択したのは現状確認だ。

この手のゲームで捜索はまず第一に行うべきこと。このマップの周囲の地形を把握し、敵の陣営の位置を把握し、ユニットたち——スワームたちを生み出すのに必要な資源の位置を把握し、それを得るための経路を把握し、そうやってその他この地上にあるすべての必要な情報を把握してこそ初めて勝利は得られるのだ。

それが4X——探検、拡張、開発、殲滅《せんめつ》の基本だ。

必要なのは資源。必要なのは拠点。必要なのは〝敵〟。

だが、実際のところ私はまだ〝敵〟と戦うことを躊躇《ためら》っていた。

そもそもここはどこなのか？

あまりにも広いマップ。見たこともない洞窟。こんな広大すぎて、今いるような洞窟があるマップで遊んだ記憶はない。

あの世界のオフライン対戦専用マップからオンライン対戦専用マップ、メジャーなユーザー作成のマップまでをすべて覚えている——おぼろげな記憶の中でもこれだけは確かだ——私にとって、知らないマップというのがあるはずがないのだ。よほどそれがマイナーなユーザー作成マップでない限りはといいたいが、これだけ広大で精度の高いマップがプレイヤーたちから高評価を得られないはずはないので、ユーザー作成マップの筋は消していい。

そのため私はリッパースワームを一ユニットずつ方々に振りまいた。彼らの情報は集合意識によって私に直接伝えられる。私はそれを基《もと》にして地図を描いていく。勝利のために押さえるべき地形などを考えながら。

金鉱山。狩り場。そして、人口密集地と敵味方不明の軍事拠点。

今の私はひたすらに情報収集を行っている。スワームに約束した勝利のために。この私の元の世界への帰還のために。

それにしても、これだけ恵まれた状態からのゲームスタートはない。いくら難易度調整をしても、せいぜい二、三体のワーカースワームとリッパースワームが追加されるぐらいが範囲内であった。

加えて、初期においてこの規模にまでアラクネアのユニットを拡張することは、アラクネアとはスワームの物量ですべてを押し流すのだろうと考えている非アラクネア使いにとっては意外なことだろうが、かなり苦労することとなのだ。

アラクネアの資源は住民が増えれば増えるほど信仰心が高まり、それに応じてユニット数が増えるマリアンヌや、竜たちの好物である黄金を採掘して注ぐことによって竜たちを動員できるグレゴリアと違って、純粋に〝肉〟を必要とするからだ。

同じ悪の陣営であるフレイムなども生け贄《にえ》の数に応じてユニット数が増える。だが、フレイムは肉という資源に依存しない労働者ユニットを生け贄にすることができるという抜け穴があるのだ。初期のユニット数を揃《そろ》えるのが難しいこのゲームでもわりあい初期のユニット数が揃えやすい陣営だ。ひたすらに純粋な食料——畑の作物や木の実などの食料だ——のみに依存して作成される労働ユニットを作り生け贄に捧《ささ》げ続ければ、アラクネアの初期ユニットの代表格であるリッパースワームに相当する蛮族ユニットは解放される。もっともそれだけ簡単に揃えられるだけあって、その強さについてはお察しだが。

対するアラクネアは純粋に〝肉〟に依存する。最初期にマップ上にいくつか発生する狩り場から肉を集めて、それをもとにしてユニット数を増やすのだ。そこらの植物を採取することによって増えるのはワーカースワームのみで、ほかはすべて狩った肉に依存する。もちろんゲームのマップはそれに配慮して、どこにも一定数の狩り場が設けられていた。そこでシカやウサギの肉を獲得して、ワーカースワームが拠点に運び、そうやってスワームたちは生産されていく。

だが、やり方さえ覚えておけば、敵が防衛態勢を整える前にユニット——初期はリッパースワームが主力だ——を揃えてラッシュを仕掛けることは不可能ではない。現に私はそういうやり方でラッシュを仕掛け、いくつもの陣営を葬り去ってきているのだから。初期に可能な限り肉資源を強奪し、それをリッパースワームに注《つ》ぎ込《こ》み、可能な限り素早くあらんかぎりのリッパースワームでラッシュを仕掛けるのだ。

ラッシュに成功すれば、その後はスワームたちの殺した数だけ肉が手に入っていき、スワームたちはさらに増え続ける。殺戮《さつりく》。捕食。増殖。このループを確実に繰り返していけば、もはやゲームに勝利できたも同然だ。

だが、それは不可能ではないというだけで、困難ではある。

なのに、今の私の配下にはすでに数百体のワーカースワームとリッパースワームがいる。それに各種施設もすでに配備済みの状態である。これだけの有利な条件を与えた〝難易度調整〟というものを不気味に思う。ゲーム的な視点からすると、これはまるで別のプレイヤーから途中でゲームを引き継いだようにすら感じられるのだ。

これより以前に私以外のプレイヤーがいたのか？

そのプレイヤーは今はどうなっているのだ？

私より以前にアラクネアが存在したというならば、ほかの陣営も存在するのではないか？

疑問のうちいくつかは問題ではない。別のプレイヤーがいようといまいと、スワームたちは私に忠誠を示してくれている。そして、その別のプレイヤーとやらが存在したとしても、すでにこの世界にはいないのだろう。スワームが女王と認めるのはひとりだけだ。

つまり、今のところ私以外にアラクネアをプレイしているプレイヤーはいない。それが陣営を同じくして、競合する他者——つまり同じアラクネア使いでない限りは。

もしいたとしたら、帰還に繋がる手掛かりになるかもしれないのだが。

そして、ほかの陣営に関してだけは要注意だ。同じ人間同士なら会話で和解できる可能性もあるが、相手は私がアラクネアを使っているというだけで警戒するだろう。基本的にアラクネアには外交というものが、宣戦布告ぐらいしか存在しないのだから。彼らは私がアラクネア使いというだけで警戒することだろう。まったく嫌われ者も苦労する。

はあ、これが盛大なびっくりイベントだったなら笑うしかないが、私の心の中に入り込んできているスワームの集合意識は本物だ。私はスワームの意識を理解し、スワームの知覚を感じ、スワームの望みを理解している。

すなわち、勝利を。

それが何に対する勝利なのかはスワーム自身も理解していないため、私の理解できる範疇《はんちゅう》にはないのだが。しかし、彼らは望み続けている。勝利を。私の活躍によってもたらされる勝利を。自分たちの誇れる勝利を。ただひたすらに勝利を。

「女王陛下。お召し物ができあがりました」

周辺地域の状況と、この世界の状況と同時に確認しなければならなかったのはほかでもなく、私自身のことであった。

私は日本の民法改正後に新たに規定された成人——齢《よわい》十八歳——だったはずなのだが、幾分か幼くなってしまっていた。今は十四歳ほどだろうか。着ている部屋着のパーカーと短パンは緩く、ずり落ちてしまいそうだ。

どうして若返ったのかはわからない。

そもそもどうして私はここにいる？

私はここに来る直前何をしていた？

わからない。私の記憶にある最後のものはパソコンの電源を点《つ》けたところで止まっている。ゲームが実行可能なギリギリのスペックのパソコンを起動して、私はあのお気に入りのゲームで遊ぼうと考えて——その結果こうなったというのか？

意味がわからない。

記憶があいまいなのも気になる。なぜかスワームたちのことを思い出せなかったり、ここに来るまでの記憶がなかったり、このゲームのタイトルすら思い出せなかったりするのは、ある種の脳の障害があるのか、この世界の異常性のためか。脳の異常ならば、今感じているものすべてが幻覚であることも考えられるが、その前に普通は医療処置が施されるだろう。私はひとり暮らしをしていたが、大学には通っていたし、週末には必ず両親に連絡を入れて、世間話と共に安否確認を行っていたのだから。

やはり、意味がわからない。

しかし、追い追い調査しなければ。ここに来たきっかけこそが、ここから帰還する重要な要素になる可能性があるのだ。

そう、私はいつまでもこのわけのわからない世界にいるつもりはない。女王としてアラクネアたちを導いてやったら、家に帰りたい。私は半分引きこもりのような生活をしていたけれど、それでもあの世界のほうが私がいるべき場所なんだ。このような本物のアラクネアのスワームたちに囲まれたおかしな世界は私のいるべき場所ではない。

「女王陛下？」

「ああ。ごめん。着替えるからそこに置いておいて」

衣類を持ってきたワーカースワームが首を傾《かし》げるのに、私はベッドを指さして告げた。ベッドと言っても石の台に藁《わら》が敷き詰めてあるだけの簡素すぎるものだった。いずれ生活環境も改善しなければ。

「さて、どんな服を作ってくれたのかな？」

私はあまり期待せずにワーカースワームが作ってくれた服を広げる。

「……こんなの作れるんだ」

そこにあったのは壮麗なドレスだった。絹のような生地で作られており、ヴィクトリア朝時代の貴婦人たちが纏《まと》っていたかのように落ち着いた豪華さ。縫い目などは見あたらず、まるで最初から布がこのような形状であったかのようだ。いささか背中が開きすぎていることや、胸元が見えることや、洗濯が大変そうなことを除けば問題なしだ。

「衣食住のうち衣は確保されたってことでいいな」

私はワーカースワームが作ったドレスに袖を通し、そう呟《つぶや》く。

「住は要改善。いちばんの問題は食、か……」

食は重要だ。人間である私だって食べなければ生きていけないし、スワームたちを生産するのにも資源として食が必要になる。ユニットの製造は無機物ユニットとドラゴン以外は食で行われるのがあのゲームの基本設定だったから。以前にも語ったがスワームに必要な食料は肉。野生の動物でも構わないので定期的に確保できる見込みを付けておきたい。私はそのおこぼれにあずかろう。

『女王陛下』

不意に私の耳に声が響いた。

「何？」

『村落を発見しました。住民がいます。どうなさりますか？』

斥候《せっこう》に出したスワームからの報告だ。集合意識を通じて伝わってくる。

私はそのスワームの意識に集中する。

要領は簡単だ。ゲームと同じように脳内に描いたマップの中で、意識を集中したいスワームを選んで、そこに神経を集中させる。ゲームの中でユニットをクリックするような感覚で、ユニットを選択する。

すると、光景が見えた。

確かに村がある。そして、村人たちもいる。三十名ほどが外に出て何やら慌てた様子を見せている。

だが、私が気になるのはそういうところではなく、別にあった。

「エルフ……？」

その村人の耳は笹《ささ》状に長く、エルフであることを示していた。

エルフはおおむね善の陣営だ。悪の陣営であるアラクネアとは敵対関係にある。エルフ陣営の名前は「フライ・グリューネ」と言ったか。自然を愛し、自然に由来するドライアドなどのユニットを使う奇襲の達人だったはずだ。ダークエルフの陣営という悪に属する例外がないわけでもないが、彼らはダークエルフ特有の青い肌をしていない。彼らは普通のエルフだ。

あの「フライ・グリューネ」の森林地帯からの神出鬼没の奇襲攻撃には頭を悩まされたが、こちらに数があれば押しつぶすことは不可能ではない。

今の私にはやれるか？

ああ。問題なくやってやるとも。私はスワームに勝利を誓ったのだ。はぐれたエルフの肉を食らってユニットを増やし、数の暴力をもってして敵を蹂躙《じゅうりん》してやるとも。

——ただし、その必要性があればだ。

今の状況はいささか私が想定していた状況と異なっている。つまりはあのゲーム的に矛盾した状況にあるのだ。

『女王陛下。攻撃命令を。あいつらならば食い殺せます』

「待って。試したいことがあるから」

私は確かめたかった。

まず、ここが本当にあのゲームの世界なのかを。

そう、大前提が間違っていれば、行動を見誤る。

普通、防衛拠点のひとつもない場所に村のような拠点は設置しない。そんなことをすればほかのプレイヤーに瞬く間に攻撃されて終わりだ。だが、問題の村にはそれなりの規模があるにもかかわらず、防衛のための設備は見当たらなかった。そう、兵士の姿や防壁の影、そして拠点防衛のための各種施設が存在しない。ゲームで与えられた初期配置のまま、何も行動しなかったようにあまりにも無防備すぎるのだ。

それはまるで食べてくださいと差し出されているような……。

いけない、いけない。発想がスワームになってる。

とにかく普通のプレイヤーはAIであってもこんな場所に村落を置かない。

ならば、もしかすると、可能性としては、苦しいかもしれないが、見覚えのないマップのことも考えてみれば、ここはあの殺伐としたゲームの世界ではないのかもしれない。別の世界にアラクネアだけが異物として混じり込んでしまったのかもしれない。

そう、私のように。

これからの行動のために——確かめなければ。

私は長すぎるドレスの裾を抱えるとリッパースワームを一体呼んで、彼の背中に飛び乗り、数体のリッパースワームたちを引き連れて問題のエルフの村へと向かった。

ここがゲームの世界じゃないならば、私の計画している行動は問題になる。

*

「はあ……はあ……」

森の中を荒い息づかいが響く。

それに続いて荒ぶる声がする。無法者の雄叫《おたけ》びだ。消え入りそうな足音の後ろから、無数の重々しい足音が響いている。誰かが森の中で追いかけられているのだ。それも七、八名という人数に。

「ライサ！　急げ、急げ！　奴《やつ》らが来る！」

そう叫ぶのはエルフの少年だ。外見年齢は十六歳ほど。短弓を構え、背後に向けて狙いを定めながら叫ぶ。

「リナト……。もう私を置いていって……」

「そんなことできるか！　いっしょに帰るんだよ！」

息を切らせながらよろめく外見年齢十四歳ほどのエルフの少女に向けてリナトと呼ばれた少年が返す。リナトは遅れているライサと呼ばれた少女のところまで駆け寄り、必死に彼女の腕を引っ張って、連れていこうとする。だが、片手だけでは無理だ。

「いたぞ！　エルフだ！」

野太い男の声が響いたのは、ライサが倒れかけているときだ。

安物のチェーンメイルで武装した人間の一団が、ライサとリナトの方向を指さしていた。短弓を構え、短剣を握り、手斧《ちょうな》を握った集団が、足音を響かせながら進んできている。

見るからに無法者の集団。

事実、彼らは非合法の密猟者であり――奴隷商人であった。

「行って！　行って、リナト！　あなたまで奴隷にされちゃうから！」

「そうはいくかよ！　誰ももう奴隷になんてさせるものか！」

ライサが叫ぶのに、リナトが男たちに向けて矢を放つ。

「おっと。あぶねえな」

奴隷商人たちの頭《かしら》らしき男が矢が飛来するのに飛びすさった。

「野郎ども。弓を持ったエルフは殺せ。女だけ捕らえればいい」

「了解、ボス」

奴隷商人たちは木製の盾を構えると、必死に矢を放つリナトを嘲笑《あざわら》うかのように接近していく。

ときおり矢が盾に刺さるが何の効果もない。

「リナト、お願いだから行って！」

「クソ！　もっと、もっと力があれば！」

ライサの叫ぶ声にリナトが呻《うめ》いたときだ。

もう、奴隷商人たちの手はリナトに届く寸前だった。手に握った手斧でリナトの頭を叩《たた》き潰す寸前だった。リナトの命運は決したも同然のはずであった。

それが――。

「ぎゃあああっ！」

突如としてリナトに襲い掛かろうとしていた奴隷商人の上半身が消滅した。

いや、引きちぎられたのだ。〝巨大な蟲《むし》〟の顎と鎌によって。

奴隷商人を屠《ほふ》った蟲は牙と鎌から真っ赤な鮮血を滴《したた》らせつつ、うつろな赤い複眼で奴隷商人たちを見渡した。大きさは奴隷商人より巨大で、引きちぎった奴隷商人の上半身をかみ砕いている。

「な、なんだ！　なんだ、こいつは⁉」

突如として現れた蟲を前にして、奴隷商人たちがパニックに陥る。

だが、その混乱は始まったばかりだ。

森の茂みの中からさらに六体の蟲が現れて、奴隷商人たちを八つ裂きにする。

ほかの奴隷商人たちは悲鳴を上げる暇もなかった。喉を一撃で裂かれ、ゲボゲボと気泡の混じった血を大量に吐き出しながら、蟲によって八つ裂きにされた。その飛び散った生温かな鮮血はリナトの頬にもかかった。

「た、助け……」

かろうじて声を上げられたものも、頭に鎌を突き刺されて痙攣《けいれん》するだけになった。

「嘘《うそ》だろ、おい。こんな化け物がでるだなんて聞いてねえ。ありえねえ。こんな怪物見たことねえよ！」

奴隷商人の頭はそう叫び、逃げ出そうとした。

だが、その前にも蟲が立ちはだかる。カチカチと牙を鳴らした蟲は、奴隷商人の頭を八つ裂きにしてやろうか、生きたままむさぼってやろうかと考えているのか。そのうつろな蟲の複眼からは何もうかがえない。

「ひぃぃ！　神様、神様っ！」

奴隷商人の頭は悲鳴を上げ、その場に崩れ落ちた。

そして、蟲はゆっくりと動き、高らかにその血に塗《まみ》れた鋭い鎌を持ち上げる。それが振り下ろされれば待っているのは死だ。目の前の蟲は死刑執行人にして、今まさに男の命を刈り取ろうとしている死神だ。

奴隷商人の意識はその瞬間途絶えた。

「そこまで」

そこで美しい女性の声が響いた。

「女王陛下。よろしいのですか？」

「ああ。実験したいことがある」

現れたのは――。

「きれい……」

どこまでも美しい少女だった。王侯貴族が纏うようなドレスを身に纏い、この惨劇の現場――奴隷商人の半身や手足、臓物が散乱している――の中でも、凛《りん》とした存在。ライサは先ほどまでの恐怖も忘れて少女に見とれていた。

「聞きたいのだが、君たちはこの先にある村の住民？」

「村のことを知ってる……！　おまえ、何者だ！」

少女の言葉にリナトが短弓を構えると、すかさず蟲たちが攻撃姿勢に入る。鎌を構え、毒の滴る針を唸《うな》らせ、牙を鳴らす。リナトが下手な動きをすれば、リナトもここに倒れる奴隷商人たちの死体の仲間入りだ。

「警戒しないで。命を救ってあげたつもりなんだけど」

「これはあなたの……？」

「そう。私のしもべたちだ」

少女がそう告げるのに、リナトが信じられない目で少女を見る。

「まさか、魔女……？」

「違う。私は――」

少女は黒髪を翻し、蟲たちを従えて告げる。

「アラクネアの女王だ」

冗談でも言うように少女はそう告げて笑った。

「さて、数時間ぶりに人間――と似たようなものと会話できて安心してるんだ。改めて聞くけど、君たちはこの先の村の住民？　それとも関係ない人たち？」

「そうです。バウムフッター村の住民です」

少女が尋ねるのに、ライサがそう告げた。

「ライサ！」

「リナト。私たち、助けてもらったんだよ。村に招いてお礼をしなきゃ」

リナトが信じられないという顔をするのに、ライサがそう告げる。

「村までご案内します。その、蟲もいっしょじゃなきゃダメですか？」

「ちょっと離れるとこの子たちが心配するから一体だけいっしょについてこさせて」

ライサが聞きにくそうに尋ねるのに、少女がそう告げて返した。

「それではアラクネアの女王様。どうかこちらへ」

「よろしく」

ライサが改めて案内を始め、少女がそれに続いたとき、リナトもライサもこの蟲たちが失神した奴隷商人の頭の体を、茂みの中に引《ひ》き摺《ず》っていっていることには気づいていなかった……。

そして、アラクネアの女王が妖《あや》しげな笑みを浮かべていたのにも。

*

「リナト、ライサ！」

「心配してたんだぞ！　どこに行ってたんだ！」

リッパースワームが見つけた村落――バウムフッター村に入るなり、リナトとライサが村人たちに囲まれていたのが見えた。

「薬草を取りに向こうの山まで行ってたんだ。だって、オクサナさんの風邪、よくならないんだろう？」

「子供がそんなこと！　だが、その熱意はほめてやろう」

リナトとライサは病に伏せっている住民のために薬草を取りに行っていた。そして、そこで獲物を待ち伏せていた奴隷商人に見つかり追いかけられていたのだ。

村人たちはリナトたちの帰りが遅く、周囲にふたりの姿が見当たらないことから慌てていたのである。村ではふたりを探すための捜索隊を出そうかどうかを話し合っている最中であった。

「危ない目には遭わなかったか？」

「それが、途中で奴隷商人に見つかって……」

「奴隷商人⁉」

リナトの言葉に村人たちが目を見開く。

「どうしたんだ⁉　逃げてきたのか⁉」

「ああ。危ないところを助けてもらった。それで紹介したい人がいるんだけど……」

そこでリナトとライサが視線を合わせる。

「紹介します。私たちを助けてくれた人。アラクネアの女王様です」

そこでようやく私は暗がりから出ることができた。

「な、なんだ！　なんだ、あの怪物は！」

「魔物か⁉」

だが、村人たちの視線は私ではなく、私の背後に控えるリッパースワームに向けられていた。リッパースワームはおとなしくしているが、その異形さは慣れていないものにはいささか刺激が強い。

「ご安心を。飛び掛かったりはしない。私の忠実なしもべだから」

私は村人たちを安堵《あんど》させるようにそう告げる。

「そのような怪物を従えるとは……魔女ですかな？」

村人の中でもっとも年配のエルフが私にそう告げる。

「魔女じゃあないよ。アラクネアの女王。文字どおり、アラクネアの女王だ。アラクネアを聞いたことはないのか？」

「アラクネア？　どこかの国ですか？　あいにく、私も長く生きていますが、そんな国は聞いたことがないですね……」

やはり、やはりだ。

住民はアラクネアを知らない。あのゲーム世界ならば悪名高いアラクネアを知らないはずがない。どこの辺境の人間だろうと、どんな陣営の人間であろうと、あるいは人間ではなかろうと、地上に溢《あふ》れる蟲の津波で村を、都市を、国家をなぎ倒す悪夢の体現の名を知らないはずがない。あの世界はそれを知らなければ死を招く世界なのだから。

ここはあのゲームそのものの世界ではない。私はそう結論付けた。

「それで、アラクネアの女王様。このたびは子供たちを救っていただき感謝します」

「別に構わず。私はやりたいことをしただけだから」

年配のエルフがまず頭を下げ、ほかのエルフたちも同じように頭を下げるのに、私はひらひらと手を振った。

実際のところ、あのエルフたちを助けたのは、この村に穏便《おんびん》に来る口実を作るためだったので、そこまで畏《かしこ》まられても困る。あの戦いは完全な利己目的であり、心から子供たちを助けようと考えたわけじゃないのだ。

私という奴は卑怯《ひきょう》者だな。

「それで実はこの村と取引をしたいのだけれど。聞いてもらえるか？」

ここで私は本題を切り出した。

「まさか、あなたも奴隷商人というわけでは……？」

「いや。奴隷商人ではないよ。奴隷は必要ない。必要なのは食べ物」

私がそう告げた直後に私の腹部が空腹に不満の声を上げた。

「……とりあえず、何か食べさせてくれると嬉《うれ》しいのだけれど」

私は顔を赤くしながらそう頼み込んだ。

*

「ごちそうさまでした。たいへん美味《おい》しかったです」

私は食事を終えて、スプーンをテーブルにのせた。

このバウムフッター村で提供された料理は、キノコ、山菜、豆など野菜を中心としたものだった。スープには野菜の味がよく染み出ていて空腹だったこともあって、とても美味しかった。

だが、少しばかり問題がある。

「お肉、は食べないの？」

出された料理にはどれも肉がなかった。野菜だけで構築されており、タンパク源は大豆などで代用しているようだった。エルフの栄養学などしらないが、大豆だけでタンパク質が補えるものなのだろうか？

いや、今心配するべきはエルフの栄養学ではない。もっと別の問題だ。

「今は禁猟期ですから。干し肉ならありますが……」

年長のエルフは私の問いに、いささか申し訳なさそうにそう返す。

そうか。肉がないのか。

スワームたちの中でもワーカースワームたちはキノコや草で生産することができるが、それ以外のスワームたちは以前にも述べたように肉が必要になってくる。これからスワームたちを増やしていくには、肉が不可欠だ。

どこと戦争にするにせよ、スワームたちが勝利を求める以上はスワームの数を増やさなくてはならない。勝利こそがスワームたちが望むものだと集合意識を通じて私に呼びかけてくるのだから。その勝利の条件がまるで不明であったとしても。

「そうか。なら、プランBだ」

まあ、エルフの村と聞いて想像もできていたので対策もある。

「奴隷商人。あれは常日頃からここら辺をいつもうろついてるのか？」

「ええ。困ったものでして。奴隷商人たちは密猟者も兼ねていて、この周辺の土地を荒らして回るんです」

私が尋ねるのに、年配のエルフ――長老が答えた。

「なら、あれは〝殺してもいい〟？」

私はさりげなくそう告げる。相手を刺激しないようにさりげなく。

「彼らを殺すと？」

「そう。この村もあの連中には困っているんだろう。なら、私がかたづけてもいい」

長老が驚いた表情を浮かべるのに、私がそう告げる。

「なるほど。それが取引ですか」

「そういうこと。話が早くて助かる」

私の考えた取引は周辺の警備と引き換えに、対価をいただくこと。

周囲の治安が悪いのならば、好都合だ。この取引に乗らない手はない。子供たちがいつ奴隷商人にさらわれるのかと心配するよりも、私たちの庇護《ひご》下においてもらい、その下で暮らしていくほうがいいだろう。アラクネアの異形さを受け入れられるならば。

「その見返りに何を望まれますか？」

「新鮮な食材を。なるべく多く。もちろん、村に負担にならない範囲で」

食材は私が食べるのと、ワーカースワームを生産するのの両方に使われる。

まったく、ゲームのユニットどころか自分自身の食料までゲームのように調達しなくてはならないとは苦労するな。

「構いませんが、本当にそれだけでいいのですか？」

「強いて言うならば、密猟者や奴隷商人たちの死体については何も言わないでもらいたいってことだけ」

長老が尋ねるのに、私は小さく笑ってそう返す。

「死体、を……？」

「そう、死体を」

これがプランBのひとつ。無法者の死体を食料にする。

殺しても苦情が来ない人間を材料にする。そもそもそれこそがアラクネアの強みだ。ほかの陣営を蹂躙し、食らいつくし、それで増える。そして、また蹂躙し、殺し尽くして、増えていくというサイクル。ほかにもこの手の〝捕食〟という能力を持っている陣営があるが、その中においてもアラクネアがもっとも強力だ。

相手を殺せば殺すほど増え続け、さらに大規模に殺し続ける。まさに悪魔のような帝国を築くことこそがアラクネアの神髄《しんずい》である。

「死体をどうするかはいっさい聞かないで。君たちには関係ない」

「わかりました。おっしゃるとおりに」

私が強い口調で告げるのに長老がうなずく。

これが人間の村であったならばうまくいかない交渉だったかもしれない。彼らがエルフだからこそ、この取引は成立するのだろう。

「食材は定期的に取りに来る。それから聞くけれど、ここからいちばん近い交易が行える街はどこにある？　食肉とかを扱っている場所がいいんだけれど」

「それでしたら西のリーンの街がいちばんでしょうね。あそこは大きなバザールがありますから。まあ、我々はあまり利用しないのですけれども」

私のプランBはまだまだある。

「ありがとう。では、これからはこの子たちに周囲を警戒させるから。不審者がいたら警報を出して、殺してよければ始末する。そういうことで」

私はこれでひと仕事を終えた。

後はもうひとつの実験がうまくいくことを願うだけだ。

*

あの奴隷商人の頭はアラクネアの拠点にまで連れてこられていた。

糸で縛り上げられ、口も塞《ふさ》がれ、悲鳴を上げることもできず、無数のスワームに囲まれている。

ちょっとだけ哀れに思うが、彼らのやろうとしていたことを考えれば同情する気にはなれない。こいつは幼いエルフの子供たちを拉致して、奴隷にしようとしていたのだから。

そんな奴に同情という念が必要か？　私はそうだとは思わない。

私は冷たい目で奴隷商人の頭を見下ろし、彼が目で懇願するのを見た。

「口の糸を外して」

「畏まりました、女王陛下」

私が命じるのに、リッパースワームが鎌を使って器用に奴隷商人の頭の口からスワームの糸を外した。そのときにリッパースワームの鎌でわずかに唇が裂けたが、あのエルフの子供たちを、殺そうとしたのだから因果応報だ。

「な、なんだ！　なんだよ、おまえたちは！　俺をどうする気だ⁉」

「うるさい。黙れ」

奴隷商人の頭が叫ぶのに、私は彼の頭を思いっ切り踏みつけた。私の中にちょっとしたサディスティックな感情が芽生えるのがわかる。おっと、よくない、よくない。スワームの思考に引き摺られてる。

「おまえに聞くがアラクネアという組織を聞いたことはあるか？」

「な、ないぜ。そんなもの初めて聞いた。どこの組織だ？　あんたがその組織のメンバーなのか？」

「黙れ。質問は私がする」

狼狽《うろた》える男の頭を私は軽く蹴り飛ばす。

この男もアラクネアを知らない。あのゲームの世界でそんなことはあり得ないというのにだ。やはりここは私が思うようにゲームの世界ではないのだろう。

「情報を持ってないなら用はない」

「待ってくれ！　殺さないでくれ！　何でもする！　奴隷だってただで譲ってやる！　うちには美少年がいっぱいいるんだ！　あんたも満足するはずだ！　だからっ！」

私は男の聞くに堪えない命乞いから耳を塞ぎたくなった。そんなことで私が買収されると考えられただけでも吐き気がする。

「別に殺しはしない。役に立ってもらうだけ」

私はそう告げてあるものの傍《そば》に向かった。

受胎炉《じゅたいろ》。

あらかじめワーカースワームに命じて作らせておいたものだ。人間の子宮を腹からもぎ取り、いくつも無作為に並べれば、受胎炉がどんな形をしているかはわかるだろう。もちろん、そんなおぞましいもの誰も想像したくなんてないだろうけど。

私は受胎炉の子宮口にエルフの村でいただいたウサギやシカの干し肉を詰め込んだ。もらえた分、ありったけだ。

「パラサイトスワーム、生成」

そして、私は受胎炉に向けてそう命じる。

受胎炉の子宮の形をした器官がじつにグロテスクに粘着質な音を立てて蠢《うごめ》き、子宮が膨れ上がると、子宮口から小さな爪が這《は》い出《だ》してきた。その爪は子宮口に確実に食らいつき、それからゆっくりとその小さな爪の主が姿を見せる。

小さな蠍《さそり》——あるいはグロテスクな外見で有名なヒヨケムシに似た生き物だ。

これがパラサイトスワーム。このプランBで重要な役割を果たす子。

戦闘能力は皆無だが、この子には特殊技能がある。

「君は奴隷商人、だったんだね？」

「あ、ああ。だが、もう足を洗うよ。もうエルフを襲ったりしない。約束だ」

私がパラサイトスワームを手にのせて尋ねるのに、奴隷商人の頭は必死になって告げる。どうせ嘘に決まってる。ここで逃がせば、またエルフの村を襲うだろう。その前にやるべきことをしておけば、もう問題にはならない。

「なら、君も奴隷の身分を味わうといい」

そう告げて私はパラサイトスワームを男の口の中に無理やりねじ込んだ。

男は気味の悪い怪物を吐き出そうとするが、パラサイトスワームはぐいぐいと男の中に入っていく。そして、喉に定着すると小さな、とても小さな触手を男の体内に這いずらせていく。それは男の脳にまで達した。

「あ、あ、あ、あ……」

男はびくんびくんと痙攣し、嘔吐《おうと》すると動かなくなる。

「男の糸をすべて解いて」

私が命じるのに、リッパースワームたちが男の糸を切り裂いて解いた。

「立て」

私が命じると奴隷商人の頭が立ち上がった。

「女王陛下万歳、と言え」

「女王陛下、万歳……」

奴隷商人はうつろな目で私の指示に従った。

そう、パラサイトスワームは敵に寄生し、そのユニットを操り人形にする技能がある。主である私の命令にどんなことがあっても従う。たとえば自害しろと命じれば、本当に取れる手段を使って自害するだろう。

このユニットの使いどころはさまざまな場所にある。相手の強力なユニットを乗っ取ったり、相手のユニットに成りすまして相手陣営の様子を偵察したり、そのまま敵の陣営の労働ユニットを攻撃したりとさまざまだ。

アラクネアにはリッパースワームラッシュという単純な戦略のほかに、この手の搦《から》め手《て》を用いた戦略が使用できる余地がある。

だからこそ、アラクネアを使うのは楽しいし、リッパースワームを始めとするユニットそれぞれに愛着が湧いてくるのである。

ほかの陣営にもいいところはいろいろとあるのだろうが、やはり私がいちばん好きなのはアラクネアにほかならない。

「よしよし。これで君も奴隷の立場がわかったか？」

おぞましいことにこの奴隷商人の頭の意識は消えていない。パラサイトスワームに押し込められて自由には動けないが、意識や感覚は残っている。喉に張り付いたパラサイトスワームの感触を感じるし、喉から脳にまで伸びる触手の感触も感じる。

まさに生き地獄だ。自分の意識と感覚がありながら、その行動を他者に支配されるというのは悪夢としか言えない。喉に張り付いたパラサイトスワームの感触や、脳にまで伸びた触手の感触など想像したくもないものだ。

だが、この男は奴隷商人なのだから、自分が奴隷になるのは報いだと言っていい。

正直に言ってやろう。ざまあみろ、だ。

「これからおまえには重要な仕事をしてもらう。とても重要な仕事。ちゃんとやり遂げて。まあ、逆らいようがないから仕事を実行するしかないだろうけど」

私はそう告げ、私のプランBを本格始動させるときがやってきた。

プランB。それは戦争などによらない穏便な手段によって食肉を手に入れる方法。

今は戦争はできないが戦争には備えなければならない。そのための妥協案だ。

うまくいくかは試してみないとわからない。何せここは私にとって完全に未知の土地で、どんな問題が隠れているのかわからないんだから。ひょっとすると思わぬ問題や、組織が私の前に立ち塞がって、私の目標遂行を阻止しようとするかもしれない。

まったく、何事も挑戦あるのみ、とは言ったものである。

――プランB

奴隷商人の頭は荷馬車を使って、西の交易都市リーンに向かった。それには私も同行している。

それからリッパースワームを一体、荷馬車の中に潜ませていた。

交易都市の城門は各地から訪れる行商人たちで溢《あふ》れているせいで、いちいち閉じるのが面倒なのか開けっ放しで、特に検問らしきものもなかった。その幸運によって私たちは積み荷――そしてリッパースワームを確認されることもなく、堂々とリーンに入った。

もし検問で調べられるときがあったならば、すかさずパラサイトスワームを飲み込ませ、検問を無力化することも考えていたが、杞憂《きゆう》だったようだ。もっと最悪の場合はリッパースワームが兵士たちを皆殺しにし、私たちは馬車を百八十度反転させて、颯爽《さっそう》とリーンの街から逃げるというプランもあった。こちらを選ぶ羽目になったら、リーンの街には二度と近づけないだろう。

「服屋はどこだろうか」

私は広大なリーンの都市の中で、服屋を探した。今は服屋に用事があるのだ。

「あそこがそれっぽいな」

そして、私たちがリーンの大通りを進んでいくと、おしゃれな服が並んだ店舗を発見した。ここが服屋で間違いない。私は奴隷商人の頭に店の前に馬車を止めさせ、奴隷商人と共に馬車を降りた。リッパースワームはお留守番。

「いらっしゃいませ。ああ、あんた奴隷商人だろう。この店に何の用だ?」

最初は営業スマイルだった服屋の店員も、奴隷商人の頭を見ると一転して邪険な態度に変わった。この世界では奴隷を扱う人種は嫌われているようである。この街の人間に良心があることに私は安堵《あんど》した。

これが奴隷商人たちを容認しているような世界だったら私は非常にうんざりしただろう。

「服を、売りたい」

パラサイトスワームに寄生され、私とスワームによって支配された奴隷商人の頭は自分の意に反することを告げげた。本来ならば化け物から助けてくれと叫ぶところを、服屋との商談を始めることになった。

「服? エルフたちからの略奪品か? 誰もエルフからはぎ取った衣服を買ったりはしないぞ。連中の服は質素すぎて、うちのような高級店には向かないんだからな。さあ、帰った帰った」

やはりエルフというのは偏見を持たれている。彼らだって森の恵みの中で精一杯のおしゃれをしているというのに。この世界の人間は本当にエルフを蛮族だと決めつけているようだ。

そのことにはいささか腹が立つ。

「違う。交易で、手に入れた品だ」

あらかじめ設定は作っておいた。奴隷を売り、その対価として衣服を受け取ったという設定を。怪しまれるかもしれないが、これしか手はない。

信じてくれますように。信じてくれますように。

私は荷馬車の陰で服屋の店員が信じてくれることを祈った。

「わかった。なら、商品を見せてくれ」

服屋の店員がそう告げ、奴隷商人の頭が荷馬車の荷台から、衣服が収まった箱を取り出して、店員の前に置いた。

「これは……」

絹のようなスワームの糸で織られた見るからに高価な品。それがずらりと数十着は収められていた。日常で着るドレスから、夜会で着ることができるイブニングドレス。そういったものが箱の中にはびっしりと収まっていた。

そのことに服屋の店員は目を丸くして驚いていた。

ありがとう。ワーカースワーム。君たちの仕事は評価されている。

「凄《すご》い。こんな衣服は初めて見た。これは貴族様たちに売れるぞ」

服屋の店員はドレスを隅々まで眺めた。触り心地のいい線維の感触と、みごとなまでのデザインに服屋の店員は一瞬で見とれてしまった。

「いくら、出す？」

「これだけの洋服なら二十万フロリアは出していいね」

奴隷商人の頭が尋ねるのに、服屋の店員がそう返した。さあ、お決まりの値段交渉の始まりだ。

私はエルフたちから事情をあらかじめ聞いていたので、最低でも三十万フロリアほどで売りたかった。しかし、値段交渉なんて初めてやるからうまくできるかどうかはわからない。

それでも、やれる限りやらなくては。今の私たちには少しでも多くの合法的なお金が必要とされているのだから。

「少ない。もっと、出せるはずだ。四十万、出せないならほかの店に売る」

「わかった。三十万フロリアだ。それですべて買い取ろう」

交渉は長く続くものと思ったが、存外あっさりと決まった。

「異存はない。交渉、成立だ」

奴隷商人の頭はそう告げて、箱を服屋の店員の前に押し出した。

もっと粘れば取れたような気がするが、ここで下手に商談をこじらせて、今後の活動に影響が出ることはあまり望ましくない。ここは素人として騙《だま》されたと思っても、三十万フロリアで妥協しておくべきだろう。

「それ、これで三十万フロリアだ。しっかり受け取ってくれ」

そして、服屋の店員は箱を受け取り、奴隷商人の頭に金貨がずっしりと詰まった袋を渡すと、いそいそと箱のドレスを店の奥に運んでいった。

さて、これで第一関門突破。

本当はエルフにこれらのドレスを渡して、彼らに街で現金化してもらうつもりだったのだが、エルフたちは街を恐れて近寄らない。それはこの奴隷商人のような人物がいることや、エルフは街になじめないからだそうだ。

光の神の教えとやらが、森で暮らすエルフたちが崇《あが》める自然の神を邪神として認定し、エルフたちを蛮族扱いしていることが、エルフが奴隷商人たちに〝合法的〟に囚《とら》われて奴隷になってしまう理由だそうだ。

宗教には興味もない私でも、それぞれの宗教に自由は認めるべきだと思う。もっともアラクネアは神に頼るような軟弱なものたちではない。アラクネアが信奉するのは女王のみ。女王のためにその身を捧《ささ》げ、女王のためにあらゆるものを殺戮《さつりく》するのだ。アラクネアのスワームたちは神の許しなど必要とはしない。女王の許しがあればそれでよく、集合意識によってスワームたちの行動はつねに女王の望むままになっている。

そう、今のところ反乱などを警戒する必要性はないのだが……。

「さ、次は買い物だ。これが重要なんだよ」

私はそう告げると奴隷商人に馬車を走らせ、目的の場所に向かった。

その場所とは――。

「肉！　肉、安いよ！　うちの肉は最高級品だよ！」

そう、肉屋だ。

ワーカースワームの作った服を売って、その金で食肉を買う。何という平和的――かつどこまでも退屈な――な拡張計画だろうか。スワームたちも私の意見に賛同しているのか、集合意識に不和が生じることもない。

ふう、私の意見に納得してくれなくて、そこら中を無差別に襲い始めると決めたらどうしようかと思ったけれど一安心だ。これで私の平和的な拡張政策――プランBへの障害はなくなったようなものである。

プランBの障害。

奴隷商人の身分では治安機関に拘束されて、リーンの街に入れないかもしれない。

服を売ることができない。あるいは安く買いたたかれる。

最後はスワームがこの消極的なやり方を否定して、私に対して反乱を起こし、周辺地域を無計画に攻撃すること。

最後の心配はよく考えれば最初からする必要のなかったことだ。女王をコロニーの核とする彼らが女王の命令に逆らうはずがない。彼らはどこまでも女王に忠実なのだろう。今のところはそう言える。だが、それをどこまでも盲目的に信じるわけにはいかない。どこかで彼らの怒りを買う恐れもある。

だが、今はいい。今の彼らは従順だ。

さて。

「肉、くれ」

馬車から降りた奴隷商人の頭がそう告げる。

「はいよ。どの肉をお探しで」

「これで買えるだけの肉、全部」

肉屋の店員が尋ねるのに、奴隷商人の頭は先ほどの三十万フロリアの袋をズンと戸棚の上に置いた。そのことに肉屋の店員はいささか驚いたようだ。

「旦那、宴会でもやるんで？」

「いいから、肉をくれ」

ある意味ではありったけの肉をむさぼり続けるたいへん楽しい宴会かもしれないが、今は理由を告げている場合ではない。

「さすがにこれだけの額の肉となるとちょっと……」

「精肉してない分でも、いい」

私の行動はいきなり街のお肉屋さんに行って、アタッシェケースいっぱいの札束を渡すと、あるだけの肉をくれと言っているようなものだ。さすがにいろいろと無茶がある。これぱかりは失敗したかもしれない。

「精肉してない分を合わせても十五万フロリアぐらいですよ。そんなに肉が必要なら別の店も当ってみてください」

肉屋の店員は困り切った表情で告げる。ちょっと気の毒なことをしたと反省。

「では、十五万フロリア分、頼む」

「はい。今準備するんでお待ちください」

しょうがない妥協だ。ここで十五万、ほかで十五万使えばいい。

「どうぞ。十五万分の肉です。種類とか指定はなかったんで、種類は雑多ですよ」

そう告げて肉屋の店員は箱いっぱいに収まった肉をカウンターにのせる。かなりの量の肉だ。私は肉は大好きだ。ハンバーグも焼き肉もビーフシチューも大好きだ。だが、あれだけ食べたら太るだろうな……。それに拠点に戻るまでに鮮度は維持できないだろう。仕方がないが、今はハンバーグともステーキともお別れだ。

母さんが作ってくれたハンバーグは本当に好きだったんだけれど。

「十五万フロリア」

奴隷商人の頭はそう告げて、肉屋の店員に十五万フロリアを渡す。

「どうもどうも。では、旦那、宴会のほう楽しんでください」

そうそう。お楽しみだとも。これから楽しい宴会の時間だ。

私たちはそれからいくつかの肉屋を巡って三十万フロリア分の肉を購入した。そのついでに私の住居環境を改善するために寝具などの家具を購入しておいた。いくらワーカースワームが糸で絹の異様に柔らかで手になじむシーツを作れても柔らかなベッドまでは作ることができない。彼らが今のところ作ることができるのは藁《わら》を敷いたベッドだけ。でも、これで今日からは柔らかいベッドで眠れることだろう。

「ふわあ……」

値段交渉に見知らぬ街の探索と、今日はいろいろとありすぎて少し疲れてしまった。

「今日はここまで。あんまり買い物が過ぎると怪しまれる。もう怪しまれているかもしれないけれど」

そう考えて私たちはアラクネアの拠点に向けて馬車を走らせた。

今日はこれで終わり。そのはずだったのだが……。

＊

私は奴隷商人に手綱を任せて荷台でくつろいでいた。

買ったばかりの柔らかでいい匂いがする寝具に顔を埋めて、リッパースワームに守ってもらってうたた寝をしていた。寝具の匂いはとこまでも心地よく、頼りになるリッパースワームが傍《そば》にいてくれるということだけでも安堵できた。

けれども、これからどうすればいいのだろうか。

肉屋で大量の肉を買ったからかなりの数のスワームたちを増やせるはずだ。だけれど、それらを使ってどうしようというのだろうか？

スワームたちは私が勝利に導いてくれると信じている。でも、何に対しての勝利だというのだ？　この世界すべてに対する勝利？　それともまた別の形の勝利？　彼らは何を目的として勝利を望んでいるというのだ？

スワームの集合意識の中にはひたすらに勝利を叫ぶ声がこだましている。しかし、どの意識も具体的な勝利の内容は理解していない。自分たちがアラクネアの女王——私に率いられて勝利することしか考えていない。

その女王である私は勝利について悩んでいる。

このことは集合意識を通じてすべてのスワームに通じているはずなのに、彼らの集合意識はまだひたすらに勝利を渇望し続けている。彼ら自身にも勝利の定義などわかっていないというのにどうしろというのだ？

「ねえ。スワーム。君は何を望んでいるの？」

私は寝具から顔を起こすと、私を守ってくれているリッパースワームに向けてそう尋ねた。リッパースワームは首をちょいと傾けると、質問されたことの意味がわからないというジェスチャーを取った。

「我々は勝利を望んでいます、女王陛下」

「その勝利ってのはどんな勝利なの？　世界征服？　それとも国家樹立？」

リッパースワームが答えるのに、私はそう尋ねる。

集合意識に直接訪ねてもよかったが、口と口で会話するほうが私は好みだ。

私はスワームの意見が聞きたい。集合意識に繋《つな》がれながらも、今は女王を守るという任務を負って、ほかのスワームの個体とは違った反応を見せる彼の意見が聞きたい。

いったい、何が勝利なのかと。世界を征服し尽くせば勝利なのか。それともアラクネア帝国という国家を樹立すれば勝利なのか。あるいはまったく別の勝利条件があるのかと。

「わかりません。ですが、我々はただ勝利への強い渇望を抱いています。ただひたすらに勝利することを望み続けています。そのことが変わることはありません。女王陛下ならば、必ずや我々を我々の望む勝利に導いてくださるはずです。私たちはどこまでも女王陛下を信頼し、その手足となって戦い、勝利することを望んでいるのです。女王陛下ならば確実に我々に勝利をもたらしてくれるはずだと」

「君たちは……」

相変わらずプレッシャーが大きい。今はスワームたちは私のことを全面的に信頼してくれているけれど、私が〝操作〟を間違えば反旗を翻《ひるがえ》して、私のことをスワームの材料である肉塊に変えてしまうかもしれない。私は彼らの集合意識に加わり、女王として迎え入れられても、なおそのことを恐れていた。

彼らは愛らしい私の蟲《むし》たちであるが、それと同時に恐ろしい怪物でもあるのだ。けっして彼らを失望させることのないように行動しなくては。

それにしても……。

「難しい」

私は誰に言うともなく、ただ呟《つぶや》いた。

難しい。ゲームでは勝利とは相手がいてこそ成り立つものだ。その相手というのが今の私には存在しない。私の不毛な索敵《さくてき》はいまだに続き、この世界の一部を理解しただけにとどまっている。私たちの敵というのはせいぜいエルフたちの村を荒らしに来る奴隷商人と密猟者程度だ。そんなものスワームの相手ですらない。

いったい、私は何に対して勝利すればいいのだ？

私は何を目的としてこの愛らしいスワームたちを導けばいいというのだ？

まったくもって難しいとかしかいいようがない。今の私には敵と呼べる敵はおらず、目的と呼べる目的はないのだ。私は何と戦い、そこから何を得て、スワームたちに勝利することを達成させられるというのだろうか？

ゲームのときのようにわかりやすい敵がいてくれればよかったのだが。

馬車が急に停止したのはそんなときだった。

「何事？」

私は馬車の荷台から進行方向を見る。

そこには革の鎧《よろい》で武装した男たちが十数名陣取っていた。短弓を奴隷商人の頭に向けて、物騒な状況を形成していた。その武装した集団は、明らかに殺意ある視線を奴隷商人に対して向けている。

「モイセイ！　今日はずいぶんと羽振りがよかったらしいな！」

武装集団のうちの頭領らしき男が奴隷商人に向けて声を上げた。

「だが、てめえはまだ俺たちへの借金を返してないってことを忘れてないか？」

はあ。この男、奴隷商人のくせに借金持ちだったのか。使えない。

「その積み荷、借金のかたにいただいていくぞ」

それは困る。これは私の重要な積み荷だ。

「荷台を調べろ！　かかれ！」

武装集団はそう告げると、私の荷台を調べようとし始めた。

不味《まず》い。今回はリッパースワーム一体しか連れてきていない。勝てるか？

私がそんなことを考えている間にも、武装集団は荷台に回り込んできた。

「おい。なんだ、こりゃ。肉だらけじゃねーか。何考えてんだ、おまえ？」

武装集団は肉の詰まった箱を下ろしながらそう告げる。

そして——。

「おっ！　えらく可愛《かわい》い奴隷がいるじゃねーか。こいつを売り払えば借金はチャラだな」

そして、武装集団は私を見つけだした。それも私のことを奴隷商人の奴隷だと思っている。まさか主従が逆だとは思ってもみないだろう。私は相手を刺激しないように身動きせず、軽蔑した眼差《まなざ》しを武装集団に対して向ける。

所詮こいつらも奴隷商人か。犬にも劣る畜生だ。

こんな奴《やつ》らが生きていて、社会は何か得をするだろうか？　奴隷が合法的なものであっても、私にはこの男たちが醜悪な存在に見えていた。

「なあ、ボス。こいつを売り払って——」

「お、おい。何か変なものがいないか……？」

武装集団は私に注目するあまり、見落としていた。

そう、リッパースワームの存在を。

利那《せつな》、リッパースワームの鎌が荷台をのぞき込んでいた男二名の首を刎《は》ね飛ばした。鮮血が噴水のように噴き上がる。心臓の鼓動に合わせて、噴き上げては収まり、また噴き上げる。それはある意味では非常に滑稽な光景に見えた。

人が死んでるのに滑稽って？

だってこいつらは、奴隷商人の仲間だ。あのエルフの子供たちを殺して、誘拐しようとした屑《くず》の仲間だ。こいつらが何百人死のうが私のスワームの集合意識の中の良心は欠片《かけら》も痛まない。わざわざ心を痛める理由がない。

こいつらは死んでいい人間だ。私はそう決意した。

「な、なんだ！　何しやがった！」

「ボス！　化け物です！　化け物が乗っています！」

武装集団がざわめくのに、リッパースワームが馬車の幌《ほろ》を破って外に飛び出し、一気に武装集団に向けて駆けていった。命令する必要はない。集合意識にこいつらは危険な存在だと吹き込むだけでいいのだ。

「クソ！　射ろ！　射ろ！」

武装集団は奴隷商人の頭に向けていた短弓をリッパースワームに向けて放った。だが、矢は固い外殻に弾《はじ》かれ効果を及ぼさない。矢じりが弾かれる甲高い金属音が響き、そして悲鳴がそれに続くだけだ。

「畜生、化け物め！」

残り五名となった武装集団は矢は効果がないと諦めて、ハルバード《槍斧》やクレイモア《大剣》を取り出した。

それでリッパースワームに挑んでいく。

弓矢の攻撃は弾いたリッパースワームだが、重い金属の塊をぶつけられてはただでは済まなかった。鎌のある腕がちぎれ、牙が砕ける。

戦うたびにボロボロになり、見るに堪えない悲惨な姿になっていくリッパースワーム。彼は死にかけていても、なお私を守ろうと必死になって鎌を振るい、牙で敵の体に食らいつき、毒針で敵を麻痺《まひ》させる。

もういい。そう言いたかったが、私は臆病だった。

自分が助かるためにリッパースワームを犠牲にしてしまう決断をしてしまった。それが女王である私を守るための合理的な手段であったとしても、私の心の中には臆病な自分を苛《さいな》む言葉がいくらでも湧き上がってくる。

リッパースワームは残っている鎌で武装集団を引き裂き、鋭い毒針で相手を突き刺す。まさに獅《し》子《し》奮迅の戦いだ。だが、相手も必死でリッパースワームは傷だらけになっていく。集合意識を通じて、私にも彼の焦りが感じられる。

「撤退だ！　退け、退け！」

結局のところ、武装集団はリッパースワームに残り三名にまで追い詰められたところで逃げ出した。馬にまたがり、大急ぎで街道を逃げ去っていった。

「リッパースワーム！」

私は戦闘が終わるや、リッパースワームの下に向かった。

「大丈夫、じゃないよね……」

リッパースワームはズタボロだった。ハルバードの刃で足が切り裂かれて、クレイモアの一撃で頭部にひびが入っている。リッパースワームは初期ラッシュに使うような初級ユニットであり、そこまで強くはないのだ。相手が重装歩兵などのアップグレードされたユニットを動員してきたら、はかなく散るだけの存在なのだ。

なのに私は彼に重責を背負わせてしまった。

「女王陛下……。ご無事ですか……？」

「私は全然大丈夫。でも、君は……」

この期《ご》に及んでも私の心配をするリッパースワームに、私はそう返す。

「ご安心を。我々は全にして個、個にして全。私の意識は集合意識に残ります。ゆえに私は死は恐ろしくありません。それよりも恐ろしいのは女王陛下に万が一のことがあることでした……。それがなくて本当に良かった……」

リッパースワームはそう言い残して、この世を去った。

いや、去ってはいない。彼の意識は集合意識の中に残っている。私を中心とした無数のスワームたちの形成する意識の中に。

そう、スワームたちが死ぬことはないのだ。彼らの群れが一体残らず殲滅《せんめつ》されるまでは、彼らは彼らの意識の中に留まり続ける。

それはけっして消えることのない意識の瞬《また》きだ。彼の偉大なる意志は後から生まれてくるスワームたちに引き継がれ、今存在するスワームたちに共有されていく。

スワームはある意味では不老不死だ。女王という核が存在し、集合意識が機能している限り、彼らは死ぬことはない。生物学的な死を迎えても、精神は永久に生き続け、ほかのスワームたちに宿っていく。

女王を守るためにその身を犠牲にして戦ったスワームの崇高な意志は潰《つい》えない。

「ごめん。それでも私は納得できないよ」

私は奴隷商人の頭と共に街道脇に穴を掘り、私を守って死んだ勇敢なリッパースワームの死体を埋めた。そして、私なりのやり方で彼の死を弔《とむら》った。アラクネアに祈りなど必要ないとわかっているが、今の私にはそれが必要だった。

そして、確かにこの死んだリッパースワームは集合意識に残り続けるだろう。ほかの誰かがその意志を引き継いで、また私の前に現れて、同じようにして忠誠を誓うだろう。それがアラクネアの集合意識の強さであるのだから。

だが、私個人の感情としては、死んだスワームは死んだままだ。けっしてほかの誰かが代行するなんてことは考えられない。彼が勇気を振り絞って死ぬまで戦ったというのに、その努力をなかったことにするなんてできない。

私は今、ひとつの死を見届けた。

それは初めて私が流した血に等しい死であった。

それは私が初めて認識した確かな憎悪であった。深い後悔であった。はかない憐憫《れんびん》であった。激しい悲しみであった。ほかの言葉で言い表すことのできないさまざまな感情の集合体であった。それがアラクネアの集合意識の中を駆け巡るが、スワームたちはあまり同意する姿勢は見せず、ただの一体のリッパースワームの死であるだけではないかと考えている。

これから先、戦争をするならば何百体ものスワームが犠牲になるだろうが、何事も最初の出来事では感傷的になってしまうものだ。最初の一体の死はそれほどまでに私の心を揺さぶった。だが、別の感情がスワームの死を当然のことで嘆き悲しむべきことではないと告げている。それがスワームの集合意識に飲まれかかっている私の感情だとしても。

「やられたら、やり返す。君の意志は私が継ごう」

私はそう告げて、リッパースワームの墓に花を供《そな》えて去った。

そして、拠点に帰るなりこのリッパースワームの死に対する復讐《ふくしゅう》の準備を始めた。

そう、私はついに倒すべき敵を見つけたのだ。

――報復に向けて

「このシンボルに見覚えはない？」

私はエルフの村――バウムフッター村の長老にそう尋ねた。

私はいつの間にかバウムフッター村の常連になっていた。村人たちは私が――というよりもスワームたちが森の平和を守ってくれていることに感謝し、いつもお椀《わん》いっぱいのシチューで出迎えてくれた。

「人間の犯罪組織のシンボルのようですが、どこのものかまでは……」

私の質問に長老は困ったようにそう答えた。

「そっか。やっぱり君たちじゃわからないか。人間のことは人間に聞くしかない、と」

最初から期待はしていなかった。あの武装集団は全員が人間だったし、エルフが彼らのことを知っている可能性は低かった。ダメ元で聞いてみただけだ。ここで回答が得られるとは期待はしていなかったさ。

「それにしても今日もごちそうさまでした。今日も美味《おい》しかったよ」

「いえいえ。私たちも助けていただいていますから」

なんでもこの間はエルフの子供を攫《さら》おうとした奴隷商人がリッパースワーム二体によって八つ裂

きにされたそうだ。子供は助かって、両親は大喜びだったそうだが、子供がトラウマになってないか心配だな。

「アラクネアの女王様！」

私がシチューを食べ終えたころ、あのとき助けたエルフの子供たちが飛び込んできた。リナトとライサだ。そのふたりが揃《そろ》って長老の家にいた私のところに顔を出した。見るからに元気いっぱいの様子だ。

リナトはライサより数年年上の少年で、ライサは幼いころからリナトを慕って生きてきたと長老からは聞かされている。ふたりは幼なじみだそうで、兄妹《きょうだい》のように非常に仲がいいらしい。だが、ただの兄妹的関係ではとどまらなかった。リナトはライサに恋心を抱いていると周囲に打ち明けた。そのことで将来は結婚するのではないかと言われているそうだ。

リナトは感じの良い少年で、整った顔立ちと逞《たくま》しい体をしているし、ライサも鍛えられたスレンダーな体をしている。そして、ふたりして病に悩まされるエルフのために薬草を取りに行こうとしたほどに心優しい。互いが惹《ひ》かれ合うのは運命というものだろう。それにこの子供たちは、いくつものいたずらを企てては共に叱られ、時としては村のために努力しようと、この間の薬草採取のように無鉄砲に行動することがあるそうだ。エルフの大人たちはふたりの行動を苦々しく思いはしないが、ちょっとばかり無茶が過ぎるのではないか心配しているようである。

ライサとリナト。お似合いのふたり。いずれ周囲に祝福されて正式に夫婦として認められる結婚式を挙げるだろう仲のいいふたり。

人生を通じてそういう相手がいなかった私としてはとても羨ましい限りだ。

「アラクネアの女王様、これをどうぞ！」

「キノコ？」

リナトが差し出したのは皮袋いっぱいにつまったキノコだった。

「村の人たちはアラクネアの女王様はキノコが好きだって聞きましたから。どうか受け取ってください」

「悪いね。こんなにキノコ探すの大変じゃなかった？」

正確にはキノコが好きなのはワーカースワームなのだが。私もキノコは嫌いじゃないけれど、こんなにたくさんは食べない。

ワーカースワームはいつかリナトとライサにお礼を言わないとね。

「アラクネアの女王様のしもべさんたちが守ってくれてるおかげで森で自由に野草摘みができるんです。以前は奴隷商人や密猟者たちがいて、この村の周辺でしかキノコを取ったりはできなかったから……」

ライサはそう告げる。

ライサたちの暮らす村には密猟者や奴隷商人たちが跋扈《ばっこ》していた。ゆえにリナトやライサたち子供がひとりで山菜取りにいくことはできなかった。必ず、戦えるエルフの大人が付いていなければならなかった。

それが今や自由だ。スワームたちが監視し、敵を的確に排除していることで、この一帯の治安は格段によくなった。リナトとライサはこれをいいことに、ふたりで深夜に逢瀬《おうせ》などしているのだろう。このカップルさんめ。

「そうだったんだ。私のしもべたちが役に立ってて嬉《うれ》しく思うよ」

「はい！　私たちも嬉しいです！」

エルフというのは皆美形で、そのため奴隷として価値が高いらしい。美形のエルフが奴隷にされてどういう目に遭うのか。想像したくもない。

だが、今は私のスワームたちが村と森を守っている。無辜《むこ》のエルフたちが密猟者や奴隷商人の手にかかることはないはずだ。悪の陣営なのにいいことをしているアラクネアというのもどうなんだろうか。

別に悪の陣営というものにこだわる必要性はないのだが、やはりスワームには勝利への渇望と支配の欲求はある。それらを満たすためには戦争に手を染めて、両手を真っ赤な血で染め上げ、周囲から軽蔑の眼差《まなざ》しで見られる必要があるのだろう。

「それから女王様にこれを」

「これは？」

ライサが何か私に差し出した。

「これは……人形？」

ライサが差し出したのは藁《わら》や草木で作られた人形だった。獣の毛でおおわれており、もふもふしている。そして、丑三《うしみ》つ時《どき》の呪いに使う藁人形と違ってまがまがしい雰囲気はない。

「お守りです。女王様が安全でありますようにって、リナトといっしょに作ったんです。リナトと私も同じものを持っているんですよ」

「そうなんだ。ありがとう。そう思ってくれるだけでも嬉しいよ」

私はライサの頭を撫《な》でて礼を述べた。確かにふたりの腰には人形がある。

ライサ、リナト。このふたりのエルフは私たちにもっともよくしてくれている。私たちが身元もわからぬ怪物の集団であろうとも、そんなことを気にすることなく、私たちの恩義に報いてくれている。それはエルフだからという理由で、エルフを奴隷にしたり、エルフを軽蔑したりする一部のリーンの街の住民たちとは大いに異なっていた。

「それじゃあ、キノコもいただいたし、シチューもごちそうになったたし、そろそろ私は失礼するね。リナトとライサも気をつけて暮らして。密猟者たちが完全にいなくなったわけではないと思うから」

私はキノコとシチューの礼をするとアラクネアの拠点に帰った。

少しばかりやることがあるのだ。

＊

私は奴隷商人の頭と共に買った食肉を受胎炉に詰め込んでいた。

だが、その肉でリッパースワームを増やすことはしなかった。すでにリッパースワームは無数におり、ひとつの街ぐらい簡単に滅ぼせる規模なのだ。ゆえに私がやったことは別のことだった。

「ナイトスワーム、生成」

私が受胎炉に命じるのに受胎炉が蠢《うごめ》く。

そして、受胎炉の口から人間の手が出る。

「はあ」

そして、粘液を纏《まと》って現れたのは人間の上半身にスワームの下半身を持った奇怪なスワームであった。赤色の瞳。その髪は白色で三つ編みにされて背中に流れ、上半身にはくすんだ白い甲冑《かっちゅう》を纏っており、腰には長剣を下げている。それは見るからに騎士である。

「……女王陛下、参りました」

受胎炉の口から這《は》い出《だ》した蜘蛛《くも》の騎士は私の前にひざまずき、恭《うやうや》しく頭を下げた。

「顔を上げて、ナイトスワーム〝セリニアン〟」

「はっ」

これはナイトスワーム〝セリニアン〟。

これはリッパースワームなどとは異なるユニットだ。

そう、それは英雄ユニットと言われるもの。

それは経験値を積むことでより上位のユニットに進化できる。最終的にはゲームバランスが崩壊しかねないほどの一騎当千の猛者《もさ》となる。まあ、一陣営につき、必ず一体しか生産できないので、死なないように大切に育てないといけないのだが。経験値を貯《た》めつつ生き残らせるというのは非常に苦労する作業だ。

このナイトスワーム〝セリニアン〟は各陣営の英雄ユニットがそうであるように英雄ユニットらしく設定が存在している。それによれば、かつて異教徒の少年を庇《かば》った罪で騎士団を追放され、追われた騎士が、流浪の旅の末にアラクネアの女王の庇護《ひご》を受け、彼女に忠誠を誓ったことでナイトスワームとなったという経緯があるそうだ。そして、かつての騎士団や迫害に加わった人間たちへの忠誠と義務を軽蔑し、アラクネアの女王に尽くすスワームの騎士として誇り高く生きていくことを決意したのであった。

これはゲームのときの設定だが、現実となったこの世界ではどうなるんだろうか？

まず気になる点がひとつ。

「……君って女の子だったの……？」

私はナイトスワーム〝セリニアン〟のことをずっと男だと思っていた。パソコンのモニターで見ていたナイトスワーム〝セリニアン〟は男に見えていた。私のパソコンの性能が低くて、グラフィック設定をそこまで上げずにプレイしていたこともあるが。

だが、目の前のナイトスワーム〝セリニアン〟は中性的で美形ながらちゃんと女の子の顔立ちであったし、その鎧《よろい》には胸の膨《ふく》らみがある。これを男と見間違っていた私はいったい何なんだろうか。

「はっ。自分はメスであります。……ご不満でしたでしょうか？」

「そんなことない。むしろ、そのほうがよかった」

これから共に行動するとなると、お年頃な私には男キャラよりも女キャラのほうが、気楽に行動できてありがたかった。これが男の子だと女の私はいろいろと配慮しなくちゃいけないからね。

「では、セリニアン。君は〝擬態〟――人間形態にはなれる？」

「一応は」

ナイトスワーム〝セリニアン〟には〝擬態〟という特殊能力がある。見た目を人間そっくりに変化させることができるのだ。この〝擬態〟持ちのスワームはほかにもう一種類存在する。敵に〝擬態〟を見破るユニットがないと、敵陣の中に忍び込んでさんざん大暴れができるのだ。

「じゃあ、やってみて」

「畏《かしこ》まりました、女王陛下」

私が頼むのに、ナイトスワーム〝セリニアン〟がううっと唸《うな》り声を上げる。すると蜘蛛の下半身がゴリゴリと鈍い音を立てて変形し、人間の半身へと変わった。擬態のためか下半身もすでに鎧で覆われている。ロングスカートタイプの鎧だ。

……本当になんで私はこの子を男の子だと思ってたんだろうか。

今思うと限りないくらい失礼なことをしていたわけだからな。反省しておこう。

「完了しました。これから敵を討ちにいくのですね？」

「そう。まずは敵を探しだす。そして壊滅させる。一匹残らず皆殺しだ」

私は自分の意識がスワームの集合意識に流されていることを感じたが、このときは流されるがままにしておいた。今のスワームの集合意識は私の意識でもあるのだから。

あの殺されたリッパースワームの仇《かたき》を取る。

それこそが今の私を突き動かす唯一の意志であり、スワームたちの集合意識にも肯定された意志であった。

「では、このナイトスワーム〝セリニアン〟。お供いたします」

「ありがとう。じゃあ、もう一度街に行こう」

こうして、私の復讐《ふくしゅう》計画は着実に進んだ。

＊

再びリーンの街。

今回も奴隷商人の頭に馬車の手綱を握らせ、私、セリニアン、そしてリッパースワームが馬車の荷台に控えている。今回は商談も兼ねているが、もっと大事な用事があるのだ。

「おおっ！　今日も服を売りに来てくれたのか！　助かるな！　あの服は貴族様方に大好評で次の入荷はいつかって催促されてたんだ！」

服屋の店員は大喜びでワーカースワームの作ったドレスを受け取った。前回仕入れたドレスはすでに貴族や豪商が買い占めてなくなっており、買えなかった貴族たちからはこのドレスを所望する声がやまなかったと服屋の店員は嬉しい悲鳴を上げていた。

「じゃあ、前回と同じで三十万フロリアな」

「いや。二十五万フロリアで、いい。それより、聞きたいことがある」

服屋の店員が対価を支払おうとするのに、奴隷商人の頭が告げる。

「このシンボルに見覚えはないか?」

奴隷商人の頭が尋ねるのは、この間奴隷商人を襲いリッパースワームを殺害した武装集団が揃って身に着けていたシンボル。

「これは……。いや、俺にはわからんね。面倒ごとはよそを当たってくれ」

服屋の店員は何かを知っているようだったが、言葉を濁してごまかしたとありありとわかる態度であった。おそらくはあのシンボルがどこのものか知っているのだろう。そして、小心者の服屋の店員には関わり合いたくない相手なのだろう。

「私が締め上げてきましょうか、女王陛下」

「いいよ。別に無理をしてこの人に聞かなくても。この人は一応は貴重な外貨取得のために必要な人だしね」

セリニアンが告げるのに、私は手をひらひらと振った。

この人はワーカースワームの作った衣服を現金に換えてくれる重要人物だ。無意味に手荒な真似《まね》はしたくない。それがエルフに対してひどい偏見を持っている人物だったとしても、だ。そう、今は彼が必要だから利用する。無駄に波風を立てず、彼の能力だけを利用する。

そして尋問だが。

するならもっと別の――どうでもいい連中に対して尋問するべきだ。

「この現金で奴《やつ》らを釣る。きっと引っかかるはずだ」

私はそう告げて、また動き出した馬車の中で辛抱強く待つ。

「おい。てめえ、止まれよ」

案の定、わざと路地裏で馬車を走らせていたら、うさん臭い連中に絡まれた。

「誰、だ？」

「あ？　忘れたっていうんじゃねーよな。このリシッツァ・ファミリーに借金があるってことを忘れちまったってのか？」

そう告げる男たちの胸にはこの間、襲撃をかけてきた武装集団のシンボルが刻まれていた。間違いない。この間の襲撃を行ったのはこいつらだ。

よくよくこうも簡単に釣れるものだな。

「セリニアン。準備して。戦闘になる」

「畏まりました、女王陛下」

私が告げるのにセリニアンが馬車から飛び出る準備を整える。同時にリッパースワームも同じように戦闘準備に入った。

「てめえ、この間ボスをえらい目に遭わせてくれたそうじゃねーか。覚悟はできてるよな、ええ？　楽に殺してもらえると思うなよ。有り金全部いただいたうえに、殺してくださいっていうまで痛めつけて――」

武装集団――改めリシッツァ・ファミリーの構成員が口上を述べている途中で、セリニアンとリッパースワームが動いた。

「はあっ！」

セリニアンは擬態を解除し、スワームの下半身をあらわにして長剣を振るう。長剣の一撃を喉に受けたリシッツァ・ファミリーの構成員がゲボゲボと血を吐き出しながら地面に崩れ落ちる。

リッパースワームのほうも今回はセリニアンの援護もあってやられなかった。六、七名の敵を相手に鎌を振るい、牙を突き立て、敵を解体していく。

「あ、ああ⁉　なんだ、こいつら⁉　いったい、どこの化け物──」

リシッツァ・ファミリーのごろつきどもの指揮官らしき男にセリニアンが長剣を突き付け、男は身動きひとつできなくなった。

「動けば殺す。我らが女王陛下が下賤《げせん》なおまえに聞きたいことがあるそうなので、それに答えろ。答えなければおまえを待っているのは死だ」

セリニアンはどこまでも冷たい目でそう告げると、私に目配せした。

「やあ。あなたたちがリシッツァ・ファミリーって組織の人か？　この間もこの馬車を襲撃したよね？　覚えてるかい？」

「な、なんだ、おまえ。俺たちが用事があるのはおまえたちじゃなくてそこの奴隷商人の男なんだ。関係ない奴は引っ込んでろよ」

私が作り笑いを浮かべて告げるのにリシッツァ・ファミリーの男は理解できないというようにそう告げた。

「関係大ありだ。セリニアン」

「はい、女王陛下」

セリニアンが男の足を長剣で貫いた。

いちいち命令を告げる必要はない。集合意識に働きかけるだけで命令は下される。

「あ、あ、ああ！」

リシッツァ・ファミリーの男は情けない悲鳴を上げて泣き始めた。

「もう一度聞く。この間、この馬車を襲ったのはおまえたちの組織か？」

私は冷たくそう尋ねる。

「確かに馬車を襲ったとは聞いてる！　ボスが手勢を率いて襲ったって！　だけど、返り討ちに遭って逃げ出したって話だ！　報復も考えてるらしいから、俺たちがこうして馬車を捕まえたんだよっ！」

リシッツァ・ファミリーの男はペラペラとよく喋《しゃべ》ってくれた。

屋敷《やしき》の警備は強化されているとか。報復のために戦力が集められているとか。奴隷商人の頭を見つけだしたものには賞金が出るとか。奴隷商人が連れていた少女を連れてきたものにも賞金がでるとか。私が尋ねていないことまでペラペラとよく喋ってくれた。こいつのボスへの忠誠心というものはその程度ということなのだろう。

「知ってるのはそれぐらいか？」

「こ、これぐらいだ。なあ、頼む。あんたらにここで会ったことは言わないから、命だけは助けて――」

次の瞬間、セリニアンが男の首を刎《は》ね飛ばした。

「ご苦労様、セリニアン」

「光栄です、陛下」

用済みを生かしておく必要はない。生かしておけば無駄なことを喋る。私たちにペラペラとお喋りしたように。

「なら、屋敷に踏み込もうか。どうせ、相手は犯罪組織。滅ぼしたって良心が痛む存在じゃないよ。適当に皆殺しにしてしまおう」

「御意に」

そう告げ合って私、セリニアン、リッパースワームは荷台に戻る。

セリニアンは血塗《ちまみ》れになった長剣をきれいにかつ神経質に拭い、リッパースワームは鎌と牙にまとわりついた血液を口できれいに掃除していく。

私はこれから大虐殺を行うわけだが、そのことについて罪悪感を覚えてはいない。

相手は私たちの仲間を殺した。その意識が集合意識の中に残ろうとも私はそれを許すつもりはない。

「セリニアン、リッパースワーム。命令はほぼ皆殺しだ。あそこに生かしておく価値のある人間なんていない。相手の首を掻《か》っ捌《さば》き、深紅の血を流させろ。奴らが『緑の血』の流れている人間であったとしても同じことだ」

「畏まってございます、陛下。すべては陛下のご命令のままに」

私の命令か。

集合意識に加わるまでは確かに自分の命令だと言えただろう。そして、人々の死に怯《おび》えたことだろう。罪悪感に苛《さいな》まれたことだろう。

だが今の私は集合意識に加わり、スワームの意志を内に宿している。

ゆえに罪悪感などない。怯えなどない。それらがないことに恐怖しているだけだ。

通りを進んで、大きな屋敷が見えてきた。あの成金《なりきん》趣味のセンスの悪い屋敷がリシッツァ・ファミリーの根城というやつだろう。

さあ、殴り込みの始まりだ。

――自然な流血

奴隷商人の頭《かしら》が操る荷馬車は、リシッツァ・ファミリーの本拠地である屋敷《やしき》の前で停車した。明らかに喧嘩《けんか》を売っている位置に停車した馬車に、リシッツァ・ファミリーの構成員たちが馬車に向かってくる。

「おい！　おまえ、モイセイだろ！　借金を払いに来たのか！」

「てめえ、この間ボスをひどい目に遭わせてくれたそうだな！」

ガラの悪い男たちがぞろぞろと現れてきては、奴隷商人の頭の馬車を取り囲む。私は馬車の中で息を殺して、成り行きを見届けていた。

「降りろよ、モイセイ！　そして、ボスの前でケジメを付けてもらうぞ！」

リシッツァ・ファミリーの男が奴隷商人の頭に手を伸ばしたとき、セリニアンとリッパースワームが動いた。

セリニアンは長剣で男たちの首を刎《は》ね飛ばし、リッパースワームは鎌と牙で男たちを八つ裂きにする。すべてが一瞬の出来事であり、瞬きしている間にすべてが終わっていた。すべてが終わったときに残るのは死体だけ。

「かたづきました、女王陛下」

「ありがとう、セリニアン、リッパースワーム」

セリニアンとリッパースワームが告げるのに、私は荷馬車を降りた。

「さあ、乗り込もう。そして、殲滅《せんめつ》しよう。彼の仇《かたき》を取ってあげなくちゃならない」

私はそう告げると、リシッツァ・ファミリーの屋敷の門を奴隷商人の頭に開けさせると、屋敷の内部へと入った。セリニアンとリッパースワームを引き連れて。

屋敷の中には無数のリシッツァ・ファミリーの構成員が残っているはずだ。彼らは正直なところこの奴隷商人の頭から借金を取り立てたかっただけだろうが、私に手を出そうとしたし、リッパースワームも殺した。

さあ、報復の時だ。血を舞い散らせ、肉を裂こう。

じつにスワーム的じゃあないか。

＊

「侵入者だ！　侵入者が来た――」

リシッツァ・ファミリーの構成員が叫ぶのを、リッパースワームがその頭を鎌で貫いて沈黙させた。構成員はその脳への一撃で、痙攣《けいれん》するだけになり、ゆっくりと血の海が広がっていく。

「畜生！　怪物どもが攻めてきたぞ！　総員、出合え！」

その様子を見ていたリシッツァ・ファミリーの構成員が叫び続け、屋敷のあちこちから組織の構成員が出てくる。短弓を構えた男たちや、長剣を握ったものたちが現れ、私たちを取り囲む。

「セリニアン。突破できる？」

「可能です。ですが、女王陛下を危険にさらしてしまいます」

私が尋ねるのに、セリニアンが焦った様子で告げる。

「なら、援軍を呼ぼう」

私はそう告げると、軽く手を振った。

すると地面から巨大な牙が突き出し、長剣を構えて進んできていたリシッツァ・ファミリーの構成員を噛《か》みちぎった。体が左右に真っ二つにされ、死体は地面に引きずり込まれていく。

ディッカースワームだ。私が念のためにリーンの街の城壁の外に待機させておいたものを今、呼び出した。ディッカースワームたちは城壁の地下を潜《くぐ》り抜《ぬ》け、私たちを襲おうとするリシッツァ・ファミリーの構成員の足元に現れたわけだ。

ディッカースワームの使い方とはこういうものだ。基本的に奇襲に頼り、思わぬ場所から攻撃を仕掛ける。敵の足元というもっとも相手が油断するフィールドこそが、ディッカースワームの活躍する場所。

これまでも私はディッカースワームを使って、堅牢《けんろう》で攻略不可能と思われた要塞を一瞬で落としてきた。それがただの犯罪組織の屋敷程度で苦戦するはずもない。私とスワームがいれば、こうして敵の拠点を破壊することが可能だ。

「これで大丈夫そう？」

「はい、お任せを、女王陛下。女王陛下の采配はいつ見てもすばらしいものですね。このような場合も想定しているとは」

私の問いにセリニアンが小さく笑って飛翔《ひしょう》した。こんなことでほめられるといささかくすぐったくもあるのだが。

ともあれ、セリニアンはその昆虫の足を跳ねさせ一気に跳躍すると、屋敷のバルコニーから私たちを短弓で狙っていたリシッツァ・ファミリーの構成員たちを長剣で次々に切り倒していく。

それは人間が殺されているという凄惨な場面だというのに、どこか美しく、どこか壮麗で、どこか華やかだった。血飛沫《ちしぶき》が舞い散り、リシッツァ・ファミリーの構成員たちがセリニアンに切り倒されていく様子は私を魅了した。

美しいのだろう。セリニアンが剣を振るう姿も、剣の軌跡に沿って血飛沫が舞い散る様子も。どれもが非日常的な光景で、私を惹《ひ》き付《つ》ける。

「女王陛下！」

私がセリニアンの戦いに目を取られていたとき、リッパースワームが叫んだ。

彼は私の前に立ち、私に向けて放たれてきた矢を毒針のある尻尾で弾《はじ》き飛《と》ばした。

「ありがとう、リッパースワーム」

「礼には及びません。ですが、女王陛下は身の安全に気を付けられてください。見ていて危険だと思うときがあります」

「ごめん。注意する」

リッパースワームはそう言いながら私に向けられてくる攻撃を弾き続けた。最初期の初級ユニットであるにもかかわらず、彼は非常に頼もしい。私はこれまでの勝利に貢献してきたこの愛嬌《あいきょう》のある蟲《むし》になおのこと愛着を抱いた。

「なんだ！　何の騒ぎだ！」

リシッツァ・ファミリーの構成員とセリニアン、リッパースワーム、そしてディッカースワームが交戦しているところに、ある人物が現れた。

「あいつだ」

私たちの馬車を襲った頭領らしい男を私は見つけた。

「おまえ、何者だ！　この化け物どもはどこから連れてきた！」

「それに答える必要はない」

リシッツァ・ファミリーの頭領が叫ぶのに、私はそいつを指さす。

「生け捕りにして」

「畏《かしこ》まりました、女王陛下」

私が命じるのに、リッパースワームが動く。

「御身は私がお守りします」

続いてセリニアンが私の警備に付いた。弓兵はほぼ皆殺しにされているが、どこから攻撃が飛んでくるのかわからない。セリニアンに守ってもらえるのはありがたい。騎士に守ってもらっているようで安心感がする。というか、セリニアンは一応騎士か。

「い、一応ですか、陛下？」

「あ、ごめん。セリニアンは立派な騎士だ」

集合意識を通じて思っていることが伝わってしまった。意外に不便だな、集合意識というのも。独り言も呟《つぶや》けそうにない。

「近寄るな！　おまえら、あの化け物を殺せ！　殺した者には莫大《ばくだい》な報酬を与えるぞ！」

リシッツァ・ファミリーの頭領が叫び、屋敷の中からさらに戦力が湧き出してくる。長剣やハルバードを握ったリシッツァ・ファミリーの構成員たちが、次々に湧き出してきては、リッパースワームに襲い掛かろうとする。

そこを石畳を破壊して出現したディッカースワームが襲い掛かって、地面に引きずり込む。突如として地下から現れる脅威を前に、リシッツァ・ファミリーの構成員の足がすくみ、その場から動けなくなった。だが、これで終わりというわけではない。敵は殲滅しなければならないし、リシッツァ・ファミリーの頭領は生かして捕まえなければならない。

「リッパースワーム、行けそうか？」

「問題ありません、陛下」

リッパースワームはディッカースワームの襲撃によって怯《ひる》んだ敵に向けて襲い掛かっていった。敵を引き裂き、食らいつき、貫き、あらゆる攻撃をもってして、リシッツァ・ファミリーの構成員を屠《ほふ》っていく。

血の惨劇だ。

壮麗だったリシッツァ・ファミリーの屋敷はディッカースワームによって穴だらけになり、セリニアンとリッパースワームの攻撃によって建物は真っ赤に染められ、あちこちに死体が転がっている。

だが、それを見ても私は無関心だった。

戦場に死体があるのは当然のことだ。死体から血が流れるのは当然のことだ。きれいなまま死体が残るのはゲームの世界だけだ。いや、ゲームの世界であっても死体はグロテスクだ。

当たり前のことじゃないか。何もかも。

「誰か！　誰か！　誰か、来い！　あの化け物を殺せ！　早く来い！」

リシッツァ・ファミリーの頭領は叫ぶももう屋敷の戦力は殲滅されたか、逃げていってしまっている。呼べども、呼べども誰も来ることはない。もはや、頭領の命運は決した。

「生け捕りだ、リッパースワーム」

「了解しております、女王陛下」

私が改めて告げるのに、リッパースワームは毒針を輝かせた。

「やめろ！　やめろっ！　近寄るな！　近寄れば──」

喚《わめ》きたてるリシッツァ・ファミリーの頭領にリッパースワームが毒針を突き刺した。

「あがっ……！　あぐっ……！」

毒針の突き刺さったリシッツァ・ファミリーの頭領は口から泡を吹き出して倒れ込み、地面でもがきながら意識を失った。

リッパースワームの毒針には即死効果やダメージ効果はないが、その代わりに敵を一時的に麻痺《まひ》させる効果がある。微弱な麻痺効果だったが、頭領を麻痺させるには十分だった。

「セリニアン。拘束して」

「畏まりました」

私が命じるのにセリニアンが麻痺しているリシッツァ・ファミリーの頭領を蜘蛛《くも》のような糸でぐるぐる巻きにして、縛り上げた。

「セリニアン、リッパースワーム。館の中に生き残りがいないか捜索を。万が一の場合に備えてふたり一組で行動して。それぞれでカバーし合うんだ」

「了解しました」

今ここに来て育ってきたセリニアンを迂闊《うかつ》なことでやられても困るし、愛着の湧いたリッパースワームを殺されても腹が立つ。私は敵はいくら死んでも構わないが、味方に死なれるのは許せない。そういうわがままな人間なのだ。

だけれど、人間とはそういうものだろう？

「さて、ずいぶんと暴れまわったことだし、周辺住民が気づくかな。騒ぎになる前に撤収しないといけないね。これから静かにしてもらう用意はするけれど」

そう告げて私はポケットの中からパラサイトスワームを取り出し、麻痺しているリシッツァ・ファミリーの頭領の口に突っ込んだ。

＊

リシッツァ・ファミリーの屋敷で起きた虐殺事件は、リーンの街の警察――騎士団によって判明した。中にいた何十名ものリシッツァ・ファミリーの構成員たちが殺され、死体になっている様子に、騎士団の中に吐くものもいた。

そして、この事件の犯人はすぐさま見つかった。

犯人はリシッツァ・ファミリーの頭領であった。

彼は血塗《ちまみ》れの長剣を手に屋敷の玄関に座っており、ここで行われたことはすべて自分がやったと自白したのだ。その自白を基に騎士団は頭領を逮捕し、殺人の罪で絞首刑にした。

死体は改められることもなく、そのまま火葬にされた。

だが、不思議なことに最初は誰も気づかなかったが、屋敷にいたリシッツァ・ファミリーの構成員の数と見つかった死体の数が合わなかったのだ。これを騎士団は殺人に加担したことで逃げ出したものと見て、行方を追い始めた。

もっとも、その捜索活動が実ることはないのだけれど、ね。

「さあ、死体を詰め込んで。たっぷりあるからもっと増やせる」

私は受胎炉の中にあのリシッツァ・ファミリーの屋敷で殺し、ディッカースワームが穴の中に引きずり込んだ死体を詰め込んでいた。幸い、今はセリニアンが手伝ってくれるのでいささか楽だ。

「女王陛下。何を生み出されますか？」

「そうだね。リッパースワームをもっと増やしておこうと思う。そろそろラッシュのことも考えておきたいから」

セリニアンがうんしょと死体を受胎炉に詰め込んで尋ねるのに、私はそう返した。本当はもっと簡単な詰め込み方もあるんだけど、今はこれでいい。

リッパースワームの数は相当いる。だが、ラッシュをするには不足だ。私はアラクネアの女王としてスワームたちを勝利に導くと約束した。ゆえに勝利についても考えておかなければならない。だが、依然としてスワームたちが望む勝利の条件とやらは、あるいは勝利の条件となる敵とやらは見つかっていない。

あるのは密猟者や奴隷商人との戦いや、リシッツァ・ファミリーという犯罪組織との戦いだけ。滅ぼすべき国や陣営はいまだに見つからない。いったい、私は何を敵として戦えばいいというのだろうか？

重要な任務である捜索活動はいまだに続けている。リッパースワームたちは各地に散らばり調査している。ディッカースワームも地面に潜り込み、街の中の会話に耳を澄ませているところだ。

それによるとここから西のすぐそばにマルーク王国なる国家が存在する。私たちが利用しているリーンの街を治めている国だ。どんな属性の国家はわからない。ただ、この近くではかなりの大きさの国家であるということがかろうじてわかっているだけである。

そして東のほうにはフランツ教皇国という国家が存在する。生《い》け贄《にえ》などを捧《ささ》げない慈愛と寛容を尊重する宗教的な国家なところからして善陣営だろう。悪の属性であるアラクネアとしては、いずれ敵対することになるかもしれない。

南と北は不明。国家は存在するようだが、国名や文化はわからない。そもそもリッパースワームによる捜索活動では、具体的な文化などを吸収することは不可能に近かった。彼らは人に発見されただけで魔物として攻撃の対象になってしまうのだ。

異形の陣営というのも苦労するものだな。もう少しユニットをアンロックできれば、街の中にも自然に入り込むことのできる特殊なスワームを使うことができるのだが、まだそのユニットをアンロックするだけの資源は貯《た》まっていない。

そして、奴隷商人たちの地図などではっきりしているのは、どうやらここ——エルフの森が大陸の中心地であることだ。この事実に私は落胆していた。潜在的敵陣営に四方を囲まれた配置では、不利であることは目に見えている。

「これからどうしたものかな」

戦うべき敵は不明で、どうすれば勝利と言えるかわからない状況下で、私はただただ攻撃に備えてスワームたちを増やし続けていた。

だが、戦うべき敵は向こうからやってきたのだった。

――エルフ村の悲劇

私たちがバウムフッター村の警備と取引を始めてから、六ヵ月が経《た》った。

密猟者と奴隷商人の数は次第に減っている。ここが死の森だと理解したかのようだ。だが、そうなると貴重な食肉の供給に問題が生じる。

とはいえども、リッパースワームはもうひとつの国を蹂躙《じゅうりん》できるほどの規模になっていた。私が普通にゲームをプレイしていたならば、ラッシュを仕掛けると決意するほどの規模だ。

だが、この世界では誰を攻撃していいのかわからない。

密猟者や奴隷商人を相手に数千体のリッパースワームは必要ない。過剰戦力だ。状況が落ち着いた今、バウムフッター村の警備に当たっているのは五、六体のリッパースワームである。密猟者や奴隷商人相手ではそれで十分だ。不用意に多数のスワームを配置して村人たちを脅かしたくはないし、森で平和的に活動する人間たちに目撃されるリスクも避けたい。

「平和だ」

私は物騒な好戦的種族スワームの中にあって平和を享受していた。

相変わらずバウムフッター村では美味《おい》しいシチューが食べられるし、ワーカースワームの作ったドレスを売れば食肉も手に入る。さすがに供給過多になってきたのか、ドレスの売れ行きは右肩下がりになっているものの。

「女王陛下。攻撃を仕掛けるべきでは？」

「どこに？」

セリニアンが告げるのに、私はそう尋ねた。

「そうですね。リーンの街を攻めましょう。そうすればあそこにあるものはすべて我々のものになります。そろそろ研究も進めなければならないと思われます」

「研究か……」

ゲームでは研究を進めることによって新しいユニットや建物をアンロックする。その研究に必要なのは、金か魂だ。

行う研究によって必要な素材はことなる。ユニット系ならば魂。建物系ならば金。それがおおむねの設定だ。ゴーレムを使う文明など陣営によっては金によってユニットがアンロックされることもあるし、死霊術系の陣営では魂で建物がアンロックされたりなどもする。

私たちは魂を大量に手に入れてユニットをかなりアンロックしたはずだが、建物のほうはいまいち解放が進んでいない。

「でも、理由もないのにリーンの街を攻めるのもな。あそこは交易地点としてじつに役に立っていることだし」

リーンの街はワーカースワームの作ったドレスを換金し、定期的に食肉を仕入れられる便利な場所だった。あそこが滅んでしまうと、どこでドレスを換金して、食肉を手に入れるのかわからなくなる。

「リーンの街を滅ぼせば、次はマルーク王国を攻めましょう。そうすれば肉も魂も金もすべて手に入りますよ。万事解決です」

セリニアンの言うことは物騒だが、理にかなっている。

アラクネアは貿易で栄えるような陣営ではない。奪って、奪って、奪って、奪い尽くして発展していく陣営だ。いちいち貿易などやっている私はアラクネア使いとして間違っている。アラクネア使いはどこまでも獰猛《どうもう》で、恐れることなく相手を殲滅《せんめつ》し、その肉と魂を使って栄えるべきなのであるのだから。

「そうだな。そろそろ略奪経済を考えるか」

私はアラクネアの女王としてスワームたちを勝利に導くと約束した。このまま洞窟に籠もって、謎の怪物として討伐されてしまってはその願いは果たせない。勝利のためにも手を血で汚す必要がありそうだ。

『女王陛下』

「何？」

不意に集合意識からの呼びかけがあった。

『バウムフッター村に向かう大規模な部隊を捕捉しました。密猟者や奴隷商人ではありません。装備が整っており、訓練されている部隊です。どうなさいますか？』

「装備が整っていて、訓練された部隊……？　正規軍か？」

正規軍。だが、どこの正規軍だ？

「どこの軍隊かわかるか？」

『掲げている軍旗はマルーク王国のものであると見られます。まもなく、バウムフッター村に接触します。女王陛下、指示を願います』

私が続けて尋ねるのに、斥候のリッパースワームがそう返した。

「……可能な限り応戦して」

『了解』

おそらくこのリッパースワームは死ぬだろう。正規軍を相手にリッパースワーム一体で戦えるはずがない。それに今から急いでもバウムフッター村には間に合わない。

「だが、これで開戦の口実ができた」

私は自分の中に確かにスワームの精神が宿っているのを感じた。

＊

「人間だ！　人間が攻めてきたぞ！」

「騎士だ！　密猟者や奴隷商人じゃない！」

バウムフッター村は大混乱は陥っていた。

四方からバウムフッター村に向けて金属鎧《プレートアーマー》に身を包んだ騎士たちが攻め込んできているのだ。

全身を金属の鎧《よろい》で覆い、盾を構えた騎士たちにエルフたちが必死に弓矢で挑むが効果はない。

「ああ！　アラクネアの女王様の眷属《けんぞく》だ！」

　エルフ村が危機的な状況に陥っているときに、リッパースワーム二体が飛び出してきて、騎士に襲い掛かった。リッパースワームの鎌は盾を貫通し、鎧を貫通した。肉が引き裂かれ、金属鎧の間から血が漏れる。

「うおおっ！」

　だが、騎士はその程度の攻撃ではびくともしなかった。騎士は腕に食らいついたリッパースワームの体に長剣を突き立て、痙攣《けいれん》するリッパースワームを始末した。そして、受けた傷を魔術師と思《おぼ》しきメンバーが治療していく。

「化け物め！　やはりここに魔女がいるという噂《うわさ》は本当だったか！」

　騎士はそう吐き捨てると、バウムフッター村に進軍する。

「進め！　進めっ！　邪教徒たちの根城を破壊せよ！」

　森林の中に騎兵が現れ、それは矢を放つエルフをランスで串刺しにする。

　歩兵たちも前進し、一列に並ぶと火矢をいっせいにエルフの村落に向けて放った。火矢から炎が家屋に燃え移り、炎上する建物の中から悲鳴を上げてエルフたちが飛び出してくる。彼らはまだ戦うこともできない女子供、そして老人と病人だ。

　だが、騎兵は家屋から飛び出してきたエルフを踏み潰し、ランスで貫き、徹底的に蹂躙した。そこら中でエルフたちの悲鳴が上がり、戦えるエルフたちの数も騎士たちに押されてみるみると減っていく。

「リナト！　おまえはもういい！　ライサと共に逃げろ！」

「そんなことできるかよ、親父《おやじ》！」

リナトも弓を持って戦っていた。数においても、質においても優勢な騎士団を相手にしてはリナトのような少年兵はまるで役に立たない。いくら矢を放っても、命中しないか、盾に当たって弾《はじ》かれるだけ。

大人たちは騎士たちの兜《かぶと》の隙間を狙って矢を叩《たた》き込《こ》むが、リナトにはそんな芸当はできない。でたらめに矢を放って、騎士団の接近をかろうじて食い止めているだけである。これでは逃げろと言われるのも無理はない。

「リナト！」

「ライサ!?　どうしてここに!?」

リナトが長老の家を要塞に必死に戦っているのに、そこにライサが駆けてきた。

「もうどこも燃やされていく場所がないの！　リナト、逃げよう！　木々の濃い場所に入れば騎兵も追ってこれないよ！」

「けど、俺はこの村を守りたいんだ！　ここを捨てたら俺たちはいったいどこに行くっていうんだ！　森の中には騎士団以外にも危険な魔獣だっているんだぞ！」

ライサが息を切らせて告げるのに、リナトが首を横に振る。

「けど、ここにいても殺されるだけだよ！」

「それはそうかもしれないけれど……！」

リナトは故郷を守りたい。ライサはリナトが無事でいてほしい。

ふたりの願いが叶《かな》う可能性はどこまでも低い。

エルフたちは完全に騎士団に圧倒され、押し潰されている。逃げ場がないように周囲は炎の壁で覆われ、騎士団の歩兵部隊がさらに包囲している。村の中は騎兵たちが駆けまわっては獲物を探し、容赦なく屠《ほふ》る。

「ぐあっ……！」

またひとりのエルフがやられた。歩兵の放つ矢に突き刺され、地面に崩れ落ちる。敵の弓兵の腕前もエルフには劣るが優れており、急所を確実に狙っては貫いていく。

「くうっ……」

「アズレトもやられた！　まだ戦えるのか⁉」

もう戦えるエルフは三名しか残っていない。それもリナトを含んでの人数だ。

「邪教を崇《あが》める長耳どもを皆殺しにしろ！　突撃！」

そして重装歩兵の一軍が前進してきた。戦えるエルフたちにトドメを刺し、長老の家屋に隠れているエルフたちを皆殺しにするために。

「畜生……！　こんなところで終わりなのか……！」

せっかく助かった命だったのに。あの奴隷商人から逃れることができたのに。それなのに故郷は焼かれ、友人知人は殺された。なぜ、こんな悲惨なことが起きるというのだろうか。この世に神はいないのだろうか。

リナトがそう感じた瞬間だった。

「そこまでだ」

凛《りん》とした女性の声が燃えあがるエルフの村で響いた。

「なんだ……？」

「娘……？」

騎士たちが怪訝《けげん》そうに振り返るとそこには美しいドレスを身に纏《まと》ったひとりの少女が立っていた。燃え盛る炎を背景に黒髪を翻《ひるがえ》した少女が、騎士たちを見渡していた。

「エルフの仲間か？」

「そうとしか考えられん。弓兵！」

騎士団の騎士たちは現れた少女に弓矢を向け、いっせいに放った。矢じりが空を切り、風切り音を立てて、少女の胸に向けて飛来する。

だが、それが少女に到達することはなかった。

「女王陛下には手出しをさせない。我が騎士の名誉にかけて、けっして」

少女――アラクネアの女王に向けて放たれた矢はセリニアンの剣によってすべて弾き飛ばされていた。セリニアンはスワームとしての下半身をあらわにし、アラクネアの女王の前に立ち、彼女を守っている。

「新手の化け物か！」

「始末せよ！　光の神の名にかけて！」

騎士団の攻撃の矛先がエルフたちからアラクネアの女王たちに向けられる。

「甘い。甘いよ、君たち。その程度の戦力で勝てると思ったのかい？」

アラクネアの女王は口元を歪《ゆが》め、邪悪な笑みを浮かべる。

「八つ裂きし、踏みにじり、殺しまわれ、我がしもべたち」

アラクネアの女王がそう告げたときだった。

森の茂みの中からリッパースワームが現れた。

一体、二体どころではない。何百、何千という規模のリッパースワームだ。これまで洞窟に潜んでいたものたちだ。これまでリーンの街からもたらされる食肉や、密猟者、奴隷商人の死体、そしてリシッツァ・ファミリーの死体をむさぼって増え続けてきたスワームたちだ。それらが威嚇《いかく》するようにカチカチと顎を鳴らし、騎士たちを包囲する。

「アラクネアの力を知るがいい」

アラクネアの女王がそう告げたとき、いっせいにリッパースワームが動いた。

「クソ！　なんて数だ！」

「騎兵！　騎兵！　援護しろ！」

大地を埋め尽くさんばかりのリッパースワームの大軍が迫るのに、騎士団は大混乱に陥った。周囲すべてを取り囲むリッパースワームの群れが迫るのに、どうしていいかわからず、円陣を組んで防御の姿勢を取る。

だが、リッパースワームにとってはそれはただの獲物だ。

まずは村を我が物顔で駆けまわっていた騎兵が餌食になった。一体につきリッパースワームが三、四体食らいつき、騎兵を馬から引《ひ》き摺《ず》り降ろすと、鎌を突き立て、牙で首を切断する。即死できたものは幸運だ。運悪く急所を外れたものは、生きたままリッパースワームによって解体されてしまった。

「円陣だ！　すぐに円陣を組め！　このような化け物ごときにやられる聖アウグスティン騎士団ではない！」

「団長！　天使様を召喚しましょう！　そうでなければ皆殺しにされる！」

騎士団の団長と呼ばれた男が叫ぶのに部下が不可解なことを口にする。

「くっ……。この程度のことで天使様を召喚することになるとは……！」

団長は険しい表情をしながらも、何かの呪文を詠唱し始めた。

「天におられる光の神に仕えしもの。今ここに降臨されることを願います、天使アガフィエル様！」

そして団長が詠唱を終えたとき——天使が降臨した。

天使だ。白い羽に緩《ゆる》やかな白いローブを羽織った神々しい少女はまさしく天使としか呼びようがない。顔は鉄仮面のごとき冷たい表情で、目をつぶったまま天より地上に舞い降りてきた。

『人間たちよ。救いを求めますか』

「求めます。どうかこの邪悪なる怪物たちに死を！」

天使が脳に響く声で語りかけるのに、団長がそう叫ぶ。

『いいでしょう。このものたちは間違いなく邪悪な存在。光に反する悪魔の化身。このアガフィエルが屠って差し上げましょう』

天使はそう告げると片手をかざし、そこからまばゆい光を放った。その光の直撃を受けたリッパースワームは蒸発し、跡形もなく存在しなくなる。

リッパースワームはそれでも円陣を組んでいる騎士たちに波状攻撃を仕掛けるが、アガフィエルの放つ光によって蒸発していく。このままではリッパースワームがいくら何千体といようとも撃破されてしまう。

天使アガフィエル。この騎士団が信仰する光の神の眷属とされる天使で、信仰の対象である光を操ることができる。それは何万度にも達する光を集束した光線が放たれることを意味するものだ。非常に戦闘に向き、このバウムフッター村を襲った聖アウグスティン騎士団の守護天使である。

マルーク王国の擁する聖騎士団はこの手の技術を使用していることで知られている。その聖騎士団の存在ゆえに周辺国からの侵略を免れ、この地域を中心として一種の地域覇権国家として君臨してきたのである。

どんな重装歩兵であろうと、どれだけ堅牢《けんろう》な要塞であろうとも、アガフィエルのような天使の攻撃を受けてしまえば、脆《もろ》くも崩れ去る。この世界において天使とは抗《あらが》うことのできない絶対的な力の象徴のようなものであった。

少なくとも、これまでは。

「面倒なのが出てきた。セリニアン、やれる？」

「お任せを、女王陛下」

アラクネアの女王が尋ねるのに、セリニアンは不敵に笑ってそう返した。勝利を確信している笑顔である。獰猛で、楽しげな、そんな笑顔をセリニアンは浮かべた。

「行くぞ、羽虫。己の無力さを刻んで死ぬがいい」

セリニアンはそう宣言すると、一気に騎士団に向けて駆け抜け、アガフィエルに対して跳躍した。アガフィエルが手をかざしてセリニアンを屠ろうとするが、セリニアンは空中で身をよじってそれを回避する。

次の光もセリニアンは空中で糸を放射し、木に飛び移ったことで回避し、木を蹴ってアガフィエルに向けて再び跳躍する。

そしてアガフィエルがセリニアンの長剣の射程に入った。

「はあっ！」

そして、セリニアンは真っ黒な剣を振るって、アガフィエルに切りかかった。いや、切りかかったではない。その首を刎《は》ね飛ばしたのだ。

『あがっ……』

天使は血の一滴も流さなかったが、光の粒子に変わっていき、その場で溶けるように消滅してしまった。

「なっ……」

一瞬の決着だ。そのことに騎士団の面々はあっけにとられる。

一瞬だ。一瞬だったのだ。

これまで絶対的な力の象徴であった天使が一太刀で切り捨てられ、消滅してしまったのだ。本来天使を倒すのには同じ天使を使うか、相手の何万倍もの戦力を準備しなければならないというのにだ。

だが、この目の前の蟲《むし》の騎士は天使を切り倒した。絶対的強者をただの剣術の的のように斬り捨ててしまった。

おお。誰もがおののく天使をたったの一撃で葬り去ったのだ。

「よく天使を斬れたな、セリニアン」

「私の剣は破聖剣《はせいけん》です。堕落した聖騎士が有する聖なるものを切り裂く刃。相手がたとえ天使であろうとも、神であろうとも、女王陛下に危害を加えんとするならばこのセリニアンが切り捨ててご覧にいれましょう」

アラクネアの女王が感心したように告げるのに、セリニアンはいささかドヤッと自慢げにそう返した。

「さて、じゃあ残りの連中も始末しなくてはね」

アラクネアの女王がそう告げて騎士団を見ると彼らは震え上がった。

「まさかアガフィエル様が……」

「お、終わりだ……」

彼らは自分たちが狩るものから狩られるものに変わったことを察した。

「リッパースワーム。ひとりも残すな」

アラクネアの女王が命じるのにリッパースワームたちが再びいっせいに動いた。

騎士団は円陣を組んで身を守ろうとしたが、ひとりにつき六、七体のリッパースワームが群がってくるのには勝ち目などなかった。

彼らは首を刈り取られ、鎧の上から心臓を貫かれ、四肢を切断され、次々に死に至っていった。

何体かのリッパースワームはやられたが、波状攻撃で押し寄せたほとんどのリッパースワームは騎士団を屠り続け、残ったのは死体の山だけであった。

「お疲れ様」

アラクネアの女王はそう告げると、リッパースワームたちに騎士たちの死体を運ばせた。これも新しいスワームを作るための材料となるのだ。

「さて、話を聞こう。今の私はちょっと苛立《いらだ》っている」

アラクネアの女王はそう告げると長老の家に向かった。

*

「もう大丈夫だ。敵は殲滅した」

私は長老の家の前でそう宣言した。

「あ、ああ。凄《すご》い力だ。大陸でも有数の騎士団である聖アウグスティン騎士団を本当にひとり残らず屠ってしまうだなんて……」

生き残っていたエルフの戦士はあっけにとられた様子でそう返す。

「誰か！　救護を！　リナトが射られてる！」

私が勝利をもたらした次の瞬間、ライサが声を上げて助けを求めていた。

――リナトは忌々《いまいま》しい騎士団の弓兵に射られていた。それも胸を。かろうじて呼吸はできているが気泡の混じった血を口から大量に吐き出している。これではどうやっても助かりそうにはない。彼は死ぬだろう。

「ライサ。もうダメだ。リナトは助からない」

「そんな！　そんな……なんで……」

エルフの戦士が告げるのに、ライサは肩を落として泣き始めた。

「ライ、サ」

「リナト！　お願い！　しっかりして！」

息も絶え絶えにリナトがライサを呼ぶ。

「幸せに、暮らして、くれ……」

「待って！　待って、リナト！　逝《い》かないで！」

ライサは叫んだが、それは何の効果もなかった。腹立たしいぐらいに何も引き起こさなかった。あの騎士団たちは天使を召喚できたというのに、ライサは何も呼び出すことができず、そのままリナトは逝った。

リナトの腰に下げていたお守りの人形がリナトの血で赤く染まっていくのがわかる。お守りではどうしようもなかったというわけか。まったくもって腹立たしいじゃないか。あのくだらない天使は存在して、お守りの効果は存在しないだなんて。まったくもって腹が立ってくる。

何が天使だ。何が騎士だ。あいつらはただの人殺しだ。アラクネアと同じ怪物だ。リナトのようなものこそ、神に讃《たた》えられてしかるべきなのに。

「リナト。君は勇敢だったよ。君が必死に稼いだ時間がなかったら私たちは間に合わなかっただろう。君は立派な戦士だ。安らかに眠れ」

私はリナトの亡骸《なきがら》に向けてそう告げた。

そして、私は苛立っていた。私の本心だ。

私が助け、何度も交流を重ねては親しくなったリナト。ちょっと思い込みが強くて、大人びた態度を取りたがるけれど、そこが可愛《かわい》らしかった少年。それが突然の騎士団を名乗る無法者の襲撃を受けて死んだ。

そして、そのそばで泣き続けるライサ。彼女は幼なじみのリナトに恋をしていたのに、その恋は突然の悲劇により叩き潰された。リナトの死体に顔を伏せて泣き続けるライサの姿を見ると心が痛む。

そして、私はまだその意識が完全にスワームの集合意識に飲み込まれていないという事実に安堵《あんど》すると共に、悲観した。スワームの集合意識の中に完全に取り込まれていれば、今の胸の中の苛立ちや悲しみは消えてしまうだろうというのに。

「長老と話したい。生きている？」

「ああ。長老は生きている。家の中だ」

私が苛立ちと悲しみを胸に尋ねるのに、エルフの戦士が私とセリニアンのために道を開けてくれた。

「これはアラクネアの女王様！」

長老の家の中には多くのエルフが避難していた。

傷ついたものもいれば、無傷のものもいる。ひとつだけ言えるのは、皆が怯《おび》えているということだけだ。誰もが騎士団の襲撃に恐怖し、子供も大人も身を寄せ合って震えながら集まっていた。

「外の騎士団は殲滅した。もう大丈夫」

「本当ですか⁉　まさか、騎士団を……」

私が軽い調子で告げるのに、長老が目を丸くする。

「心配なら外を見てくるといい。もう誰も残ってはいない」

「いえ。アラクネアの女王様の言葉を疑ったりはいたしません。あなたはこの村のためにこれまで力を貸してくださったのですから」

私が告げるのに、長老は首を横に振った。

「攻撃された理由。わかるか？」

「おそらくは密猟者か奴隷商人が通報したのでしょう。この森に入れない腹いせに、私たちが人間を襲っていると告げたに違いありません」

密猟者や奴隷商人が死ぬのは自業自得だ。だが、奴《やつ》らは自分たちの仕事がうまくいかない腹いせに騎士団に森の異常を知らせたらしい。

腹立たしい。

「騎士団は信じたのか、密猟者や奴隷商人なんかの密告を？」

「……私たちエルフはつねに人間たちから怪《あや》しまれています。人間を襲って食らっているとか、人間の皮を剝《は》いでいるなどそういう噂が流れているのです」

そうか。だから、エルフたちは人里に行かないのか。人里に行けば野蛮なエルフとして人間たちに血祭りにあげられてしまうだろうから。

リーンの街の服屋でも思ったが、この世界のエルフたちに対する偏見は相当なものだ。まったく文明的とは思えない。エルフのことを非文明的な不信心者と呼ぶ連中のほうが、よっぽど非文明的な不信心者である。

「そうか。事情はよくわかった。となると、責任の一端は私にもありそうだ」

私はため息交じりにそう告げた。

「アラクネアの女王様に責任など……」

「密猟者や奴隷商人たちを狩り殺していたのは私だ。私が何もしなければ、君たちが騎士団に襲撃されることもなかっただろう。責任の一部は私にもある」

そうなのだ。食肉と食材確保のためにこのバウムフッター村の周辺で密猟者や奴隷商人たちを狩り立て殺していたのはほかならない私だ。今回はそのことが原因で起きた事件だ。私にいっさいの責任がないとは言えないだろう。

「いいえ。アラクネアの女王様に責任はありません。あなたはこれまで密猟者や奴隷商人たちから私たちを守ってくださった。それを責めることはあってはなりません。それは城壁があったから街が攻撃されたというようなことです」

「そうか。そう言ってもらうと気が休まるよ」

だが、心の隅では私は責任を感じていた。同時に強い苛立ちも。

確かに城壁があるから攻撃を受けたというのは理不尽な話だ。誰にだって身を守る権利はある。そうであるがゆえに自分たちの仕事がうまくいかず、騎士団に泣きついた密猟者や奴隷商人たちには苛立ちを覚える。

しかし、同時に私は城壁としてやりすぎたのではないかという疑問も残る。城壁は聳《そび》えているだけだ。それは人の侵入を阻止するだけであって、人を食い殺したりしなければ、グロテスクな見た目で人を恐怖に陥れたりもしない。

私は本当に城壁だったのか？

私は城壁ではなく、怪物としてこの森に君臨し、そのために騎士団の攻撃を招いたのではないだろうか？

ふつふつと自分の中に罪悪感が生じてくるが、集合意識はそれを否定している。

私に責任があるのか、否か。今の私にはわからない。

「女王陛下。陛下に非はありません。責任はすべてこの森を荒らそうとしていた密猟者や奴隷商人たちと、そのものたちのためにこの村を焼いた騎士団にあります。女王陛下はこのものたちを守ろうとしていただけ。それは間違いありません」

「ありがとう、セリニアン。君がそう言ってくれると助かるよ」

集合意識で私の苛立ちと不安が伝わったのか、セリニアンが私を励ましてくれる。本当に頼りになる騎士だよ、君は。君の優しさが今は嬉《うれ》しい。

「それで、君たちはこれからどうするつもりだ？」

そして、私は気になっていたことを長老に尋ねた。

「この村にはもう住んでいられません。騎士団は仲間が帰ってこないとなれば、さらに大規模な部隊を送り込んでくるでしょうから。私たちはどこかに逃げようと思います」

「そうか。逃げる場所の当てはあるのか？　どこかこの森の中に安全で暮らしていける場所はあるのか？」

長老が告げるのに私は少しばかり心配になって尋ねた。

「……正直なところ、見当もつきません。森は広大ですが危険な野生動物や魔獣がでるところもあります。それにそういうところに限って森の恵みに満ちた場所なのです」

長老は力なくそう告げた。

そうだろう。森は未開拓地域だ。どこに危険な野生動物の縄張りがあって、どこが住居に適さない環境なのかは森を彷徨《さまよ》わなければわからない。この生き残ったバウムフッター村の住民たちすべてが移住できる場所などそう簡単には見つからないだろう。

彼らは難民として離散する運命にあるのかもしれない。

だが、そんなことを許容するほど私は馬鹿じゃないし、冷淡でもない。

「なら、私にいい解決策がある。君たちが恒久的に狙われないようにするための策だ。ここで死んでいったエルフたちの仇《かたき》もとれるし、この住み慣れた場所から危険な場所に逃げ出さずともいい方法だ」

「そんな方法があるのですか？」

私が告げるのに、長老が目を丸くして尋ねた。

「あるよ。じつに簡単だ。この私になら実行できる。そう、この騎士団を送り込んできたマルーク王国を滅ぼしてしまえばいいんだ、簡単だろう？」

私はそう告げて、口元を歪めると犬歯をのぞかせた。

エルフの長老と生き残ったエルフたちはただ息を飲んで、そんな私の様子を見つめていた。これからどんなことが起きるのか、まるで想像ができないという表情を浮かべて。

だが、決まりだ。私はマルーク王国を滅ぼす。

徹底的に、完膚《かんぷ》なきまでに。

＊

「諸君！」

アラクネアの陣営で私が最初に目覚めた石の台の上に私は立っていた。

傍らにはセリニアンとリッパースワームを従え、私のこの石台の周囲に集まってきた何百、何千、何万という数のスワームたちを見渡す。

「諸君、ついに戦争の時が来た。我らが敵の名はマルーク王国。卑劣にも我らが同盟者を攻撃し、虐殺の限りを尽くしたものたちだ。襲撃では私の友人も死に、もうひとりの友人も悲しみの底に沈んでいる」

私は静かに、だが力を込めてそう告げる。

「卑劣なる敵に情けなど必要ない。慈悲など必要ない。容赦など必要ない。あらゆる慈愛は必要とされない。必要とされるのは殺意、憎悪、蔑視だけだ。我々は殺意をもってして敵に食らいつき、憎悪をもってして敵を痛めつけ、蔑視をもってして皆殺しにする。敵に食らいつけ。敵を痛めつけろ。敵を皆殺しにせよ」

私の演説をスワームたちは静かに聞いている。

「皆殺しだ。すべて肉塊とし、我らが同胞たちの素材としてしまえ。諸君が殺せば殺すほど我らがアラクネアは強大な帝国となる。殺し、殺し、殺し、殺し尽くせ。奴らがやったように幼子だろうと、老人だろうと容赦なく始末しろ」

皆殺しだ。私はマルーク王国をこの地上から消滅させる決意を固めていた。

それはエルフたちが襲われたからか？　リナトが殺されてしまったからか？　それとも私の意識は本能的に捕食を求めるスワームの集合意識に飲み込まれつつあるのか？

どうでもいい。私は私の意志に従うだけだ。

あるいはスワームの集合意識に。

「我らがアラクネアのために！　私が諸君を勝利に導こう！」

私は演説の最後をその言葉で締めくくった。

「アラクネアに栄光あれ！　女王陛下万歳！」

「アラクネアに栄光あれ！　女王陛下万歳！」

スワームたちが歓声を上げる。彼らが待ちに待った戦争がやってきたのだ。

スワームたちの生きる目的はじつに単純だ。食らい、殺し、世界を自分たちの種族で覆い尽くすこと。ほかの種族の生きとし生けるものはすべて敵であり、むさぼるべき餌だ。それこそがアラクネア、それこそがスワーム。

これから私が行うのは徹底的な殲滅と増殖。報復という名の本能。

ああ。じつにスワーム的じゃあないか。

「女王陛下のお言葉に従い、我らはマルーク王国を攻める。女王陛下のご采配があれば必ず勝利するだろう。女王陛下万歳」

セリニアンもそう告げて私を讃える。

「では、諸君。戦争の時間だ。諸君らにはずいぶんと待たせてしまったが、ようやく諸君らの願いを果たすときが来た。その力を思う存分振るうがいい。諸君らの行進する音に奴らを震え上がらせろ。諸君の鳴らす牙の音に奴らを眠らせるな。諸君の影に奴らを怯えさせろ」

私はそう付け加えて、スワームたちの服従のポーズを受けながら、セリニアンと共に自室へと向かっていった。

自室はずいぶんと居住性が改善された。寝具は藁《わら》からふかふかのものに変わったし、タンスや棚などの収納設備も揃《そろ》っている。地球にいたころの自分の部屋と比べれば——パソコンや冷暖房器具がないために——劣るものの、暮らせないというものではない。

「セリニアン。進撃路はすでに計画済みだ。私がここに来て一番に決めていた」

「はっ。存じております、陛下。陛下がこの地に降り立ってからすぐにアラクネアの勝利のために動かれていたことは」

私がそう告げるのに、セリニアンがうなずく。私が考えていたことは集合意識で全部知っているか。ならば、話は早い。

「進撃路は三つ。リーンの街から王都まで一直線のコースと南部の穀倉地帯から王都までのコースと、北部の鉱山地帯を制圧しながら王都までのコース。分散して進撃して王都に戦力を結集させて、落とす」

私の想定している戦争計画では進撃路は三つであった。

私たちの目的はマルーク王国を殲滅することだ。王都だけを落としても意味がない。マルーク王国を構成していたものはすべて破壊し、殺し尽くさなければならない。それがあのゲームでのルールだった。

鉱山も、穀倉地帯も、城塞も、街も、村も、マルーク王国を構成するありとあらゆるものと人を真っ赤な血で染め上げて、この大地を無人の大地に変えてしまう。ゲームではたびたび繰り返されてきた光景だ。

今回の戦いでもゲームの世界とは違おうが、これがゲームそのものではなかろうが、私はそのルールで戦うつもりだった。下手にマルーク王国の残骸を残してしまい、後々報復が行われることはあってはならない。やるならば徹底的に。それが私のルール。これがゲームではなくとも同じルールだ。

「リッパースワームとディッカースワームの混成部隊で各都市を落とす。主力はリッパースワームだ。彼らが道を切り開く。いわゆるリッパースワームラッシュだ。相手がすでに防衛拠点を設置しているから簡単にはいかないだろうけれど、そこはディッカースワームでどうにかする。ディッカースワームは城壁を守ろうとする戦力を破るのに役に立つだろう」

リッパースワームラッシュが通じるのはゲーム開始から十数分の初期段階だ。それを逃すとリッパースワームが撃退され、ラッシュは失敗し、逆に自分たちの防衛戦力を喪失することになる。かなりのギャンブル的な作戦だ。

今のところ——ゲーム時間での開始時刻は不明だが、すでにマルーク王国は城壁で都市を囲い、各地に騎士団や民兵隊を配置している。そう考えれば、敵の防衛態勢はそれなりに整っていると考えていいだろう。

だが、こちらにはそれを打ち破りえるものが存在する。

ほかでもない。それは私だ。

私はプレイヤーとして難しい状況でのリッパースワームラッシュを成功させてきた。今回だってやってみせてやる。

「セリニアン。君は私といっしょに来て。そして、前線で戦って経験値を貯《た》めて。君は成長性の高いユニットだから、とても期待してる」

「そのお言葉……とてもありがたいです。女王陛下のご期待に沿えるようにこのナイトスワーム〝セリニアン〟最善を尽くし、女王陛下に対して絶対の忠誠を示すつもりです。それで、相談なのですが……」

私の言葉に泣き出しそうな表情を浮かべるセリニアンが何やら言いにくそうにする。

「体が熱く、何かの情動が生まれているのです。これはいったい何でしょうか……？」

「体が熱い？」

私はセリニアンの言葉を疑問に感じて彼女の額に手を重ねる。確かに熱い。だが、風邪をひくスワームなど聞いたことがない。スワームは病気などにも強い生き物なのだ。

「もしかすると、進化の時が来たのかもしれない。セリニアンはあの天使を屠ってるし、大きく経験値を稼いだはずだから」

「進化、ですか？」

私が告げるのに、セリニアンはぽかんとした表情を浮かべる。ちょっと可愛い。

「進化、って言ってもわからないか？　感触として自分が新しく何かに変わろうとするってのがわからないか？　ナイトスワームの次の進化は――〝ブラッディナイトスワーム〟なんだけど。そうだな。赤い鎧に覆われている騎士の姿を思い浮かべて。それが君の新しい姿になるから」

セリニアンの次の進化はブラッディナイトスワーム。それは真っ赤な血を連想させる鎧に覆われたセリニアンの新たな姿。

「赤い鎧……。赤い鎧……」

私の言葉に対してセリニアンが頭を押さえて呻《うめ》きながら必死になって自分が進化した姿を思い浮かべる。かなり可愛い。

「あ、あ！　なんだかわかりました！　思い浮かびます！　いえ、集合意識から女王陛下のイメージされているものが伝わってきます！」

セリニアンがそう声を上げたときだった。

セリニアンの体が崩れるようにボロボロと皮膚が剝げていく。鎧も外れて砂になって消えていき、そして真新しい皮膚――いや外殻と鎧が生み出されていった。

まるで血のように深紅に染まった鎧が新しくセリニアンの体を覆った。そして、背中からは昆虫の脚が生える。

「女王陛下……。これが進化ですか……？」

「そう、これこそが進化だ。君は新しく生まれ変わった。ブラッディナイトスワーム〝セリニアン〟に。これからの君の活躍に期待する。君の力は増強された。これまで以上に機敏に、豪快に、大胆不敵に戦えるはずだ」

ブラッディナイトスワーム〝セリニアン〟。ナイトスワーム〝セリニアン〟の第二形態。見た目こそ色が変わり、背中から脚が生えただけだが、その力は増幅されている。中級ユニットとして、大抵の敵ならば一瞬で屠れる。

そもそもセリニアンは英雄ユニットとしてはかなり強い部類に入る。初期進化の経験値は少なくて済むし、それでいて初期進化段階での強さはほかの英雄ユニットを軽く超える。だが、後半になると必要経験値が上がっていき、強さに陰りが見える。それでも、最終進化しさえすれば最強格のユニットとして君臨する。

アラクネアの多大なポテンシャルのひとつがこのセリニアンなのだ。セリニアンを育て切れば、ゲームバランスが崩壊してしまうかのような強力なユニットが手に入る。

「その真価はすぐに試される。がんばって、セリニアン」

「はい、女王陛下」

セリニアンの力はすぐに発揮されるだろう。

今から私たちがマルーク王国を絶滅させる戦いにおいて。

――マルーク王国

「ふむ。聖アウグスティン騎士団が壊滅した、と……」

その驚くべき報告を聞くのはマルーク王国国王イヴァン二世である。

この初老の王は前国王から王位を継承して長く、これまで彼の国であるマルーク王国を繁栄に導いてきていた。

農村部でもインフラ整備に取り組み、農村部が都市部の恩恵を受けられるようにし、隣国の軍事的な脅威にさらされている南部ではいくつもの城塞を建造して、南部のほうの住民たちが安心して暮らせる環境を整備してきた。

その功績は王国中で讃《たた》えられている。

それでいて、けっして贅沢《ぜいたく》はせず、光の神を崇《あが》める宗派――聖光教会の教えに従って清貧な生活を貫いていた。そのことで国民からの支持は非常に高い。

子供たちは四人。国を継ぐ第一王子、それを補佐する第二王子、隣国に嫁いだ第一王女、まだまだ子供である第二王女。どれも可愛《かわい》い自分の宝である。

「しかし、敵はただのエルフたちだったのでしょう？　それが我らが精鋭である聖アウグスティン騎士団を壊滅させたとは信じられません」

国王イヴァン二世にそう告げるのは宰相のスラヴァ・スミルニツキー侯爵だ。

スラヴァは国のことに精通し、これまでイヴァン二世の治世を支えてきた。イヴァン二世の功績とされるもので、いくつかの有名なものは、このスラヴァが助言を与えて行われてきたものであった。けっしてわいろを受け取らないこの宰相にイヴァン二世は信頼を置いていた。

だが、今回の聖アウグスティン騎士団によるエルフの森討伐を提案したのも彼であった。彼は信頼できる情報筋からエルフの森の周辺で〝罪のない王国臣民〟がエルフたちの襲撃を受けて、何十人と殺されているとの情報を得て、国王イヴァン二世にエルフの森の討伐を提案した。

そして、その提案は受け入れられ、イヴァン二世は聖アウグスティン騎士団をエルフの森へと派遣したのだった。

その結果が聖アウグスティン騎士団の壊滅、だ。

「だが、実際に騎士団は壊滅している。早急に対策を練らなくては。予想外の敵が出現したのかもしれません。南のニルナール帝国が侵略を試みている可能性もあります。ニルナール帝国はかねてから我が国の領土を狙っていた」

さらに告げるのは軍務大臣のオマリ・オドエフスキー侯爵。

ニルナール帝国はここ数年で大陸南部一帯の弱小国家群を併合して巨大化した軍事大国であり、大陸でも有数の列強である。そして、最近ではマルーク王国に対してもその領土的野心を隠さなくなり始めていた。

今は国境線として両国を隔てるテメール川という自然の要害があるためにニルナール帝国は北進

してくることはないが、大陸中心部に位置するエルフの森を経由すれば、ニルナール帝国もマルーク王国に攻め込むことができると指摘されていた。

だが、エルフの森には碌《ろく》な街道もなく、兵站《へいたん》の拠点となる農村や都市なども存在しない。加えて魔獣も出没するため、まずニルナール帝国がエルフの森を経由して侵攻してくることはあり得ないと王城の大多数のものたちからは考えられている。

あの森は少数の兵が抜けるだけでもとても苦労する場所なのだ。それを軍事的な脅威となりうるレベルの兵力で通過するというのは、想像するだけで困難だと容易にわかる。森の木々が馬車の移動を遮《さえぎ》り、獣道が騎兵の足を取り、そこら辺を流れる小川が重装歩兵たちの移動を妨げるのである。

オマリもそのような意見を信じていたが、彼は困難な道とはいえど、可能性として存在するならば無視できないと考えている慎重派であった。

「ニルナール帝国皇帝マクシミリアンは信用のならない男だ。あの男は平和を約束してすぐにそれを破り、南部諸国を平らげた。そんな国ならば何をしてもおかしくはない。エルフたちを買収して、進撃路を確保したのかもしれん」

「エルフたちは信用なりませんからな」

人間と亜人の間の確執は大きい。エルフは人間を恐れ、ドワーフは人間を嘲《あざけ》り、人間たちはどちらも下等だと思っている。

エルフたちは森を住処《すみか》にし、都市を作ることもできない非文明的な野蛮人だと人間たちは思っていた。森の木々を信仰し、光の神を信仰しない信用のならないものたちだと。生《い》け贄《にえ》を捧《ささ》げているとすら噂《うわさ》され、それを信じる者たちも少なくない。

そう、噂だ。エルフは野蛮人だ。エルフは人間の皮を剝いで飾る。エルフは人間の赤子を好んで食らう。エルフは生け贄に捧げるために人間の処女を捕まえて、森の神のために殺してしまう。アラクネアの女王が聞けば鼻で笑い、エルフたちが聞けば激怒するような根拠のない噂話もここでは事実として扱われてしまうのである。

「エルフを殲滅《せんめつ》するべきかもしれません。森からエルフを一掃すれば、ニルナール帝国はエルフたちを利用して我が国に侵攻することは不可能になると思われます」

「そのために必要な兵力はどれほどになる？」

「五千名もいれば十分でしょう。エルフたちは弱い。奴《やつ》らの矢は我々の甲冑《かっちゅう》を貫けません。訓練された兵士が五千名もいれば東部の森からエルフたちを一掃し、王国に安寧をもたらすことができます」

イヴァン二世が尋ねるのに、オマリがそう答える。

「だが、聖アウグスティン騎士団が壊滅した件はどうなる。すでにニルナール帝国はエルフの森にいるのではないか。それを撃滅するにはもっと兵力を動員しなければ」

「確かにそのとおりでした。ですが、エルフの森で兵站を維持するのはかなり苦労するはずです。エルフの村から徴収しても、たいした食料は手に入らないでしょう。森にいるエルフは千名程度と聞いておりますからな」

スラヴァが告げるのに、オマリはいささか考え込んだ末にそう告げた。

この世界の兵站は現地調達が基本だ。強力な輸送手段がなく、銃弾などの武器を使わないこの世界では、農村部で食料を買いつけるか、略奪するかし、その兵站を維持している。ゆえに人口が少なく、食料も期待できないエルフの森を通過することが困難だというわけだ。

「ふん。となると、何万という戦力がエルフの村に潜んでいるわけではなさそうだな。聖アウグスティン騎士団を殲滅できるだけの戦力ではあるが、まだ本格的な我が国への侵攻が行えるだけの戦力はないと？」

「そうでしょう。ニルナール帝国の軍備には不可思議な点がいくつかあります。何か小人数で運用できる強力な武器を投じたか、連中が見せびらかすワイバーン部隊が投じられたかです。まあ、そのような新兵器の情報は今のところ入っていませんし、ここはワイバーン部隊投入の線が濃厚かと思われます」

イヴァン二世の言葉にオマリがうなずいた。

ニルナール帝国のワイバーン部隊は有名な部隊だ。列強諸国の中で、ニルナール帝国だけが自由に空を駆けまわる戦力を有している。なぜ、あの国だけが、と疑問に思うものもいるがその答えはない。

「では、それを想定した場合、森の中のエルフとニルナール帝国の兵力を撃滅するのに必要な戦力はどれほどだ？」

「一万から二万。それで確実です。いささか大きな出費となりますが、それだけの数があれば敵が何だろうと打ち破れるはずです」

一万から二万の兵力。総兵力二十万を動員できるマルーク王国ではわずかな規模だが、無視できない軍事的な出費となる。それもいるかどうかもわからないニルナール帝国の軍隊と戦うことに備えてのことなのだから。

「しかし、本当にニルナール帝国の軍隊なのだろうか……」

「それ以外に考えられません。まさかフランツ教皇国やシュトラウト公国が攻め込んでくるとでも？　あり得ませんよ」

イヴァン二世が考え込むのに、オマリがそう告げた。

「まあ、今はそう想定するしかないだろう。では、明日にでも軍を召集し、エルフの森に向かわせよ。そして、敵を殲滅するのだ。ひとり残らず殲滅せよ」

「それと同時にニルナール帝国大使に外交的に部隊を撤退させることを求めましょう。しらを切るかもしれませんが、しらを切ればエルフの森にいる部隊をどうしようが構わないということです」

イヴァン二世が命じ、スラヴァがそう告げる。

「では、そのように。勝利の知らせを期待している」

「はっ。必ず勝利しましょう」

この時点ではマルーク王国の人間は誰も気づいていなかった。

彼らが懸念するエルフの森に潜んでいる存在がニルナール帝国の先遣部隊などではないということに。

＊

マルーク王国王都シグリア。

そこで華々しく閲兵式が行われていた。

甲冑を纏《まと》った歩兵たちが鼓笛隊のリズムに合わせて通りを行進し、戦場の華である騎兵が蹄《ひづめ》の音を響かせて行進する。

動員されるのは一万五千名の戦力だったが、実際にここで閲兵するのはそのうちの一部だけだ。すでに先遣部隊はエルフの森に近いリーンの街に進んでおり、それに続いてここで閲兵している部隊が移動する。

「魔術師部隊の姿が見えないが」

「彼らはこの手の閲兵には慣れておりませんので」

一万五千名の戦力の中には魔術師部隊も動員されている。戦場で火力支援や、後方支援を行うための部隊で戦闘には欠かせない存在だ。彼らが火球で多連装ロケット弾のように戦場を薙《な》ぎ払《はら》い、怪我《けが》をした者たちを治療するのは奇跡を見るようだ。その様子は壊滅した聖アウグスティン騎士団の騎士たちが仲間を治療していた様子からもうかがえる。魔術は習得に恐ろしく時間がかかるものであるが、それを使えるものは非常に重宝される。

だが、魔術師たちは目立つことを好まない。このような式典では自分たちはみすぼらしく見えると考えて引っ込んでいた。彼らはあまり社交的ではないのだ。

「お父様。この戦いには勝利できるでしょうか？」

「当たり前だよ。我が国が誇る屈強な戦士たちだ。エルフやニルナール帝国の兵士など蹴散らしてしまうだろう」

イヴァン二世に尋ねるのは、第二王女のエリザベータだ。

歳《とし》は十二歳ほどとまだ幼く、その青い瞳には行進する軍隊を見つめる好奇心が詰まっていた。目の前で行進する軍隊が、興味深くてたまらないという具合だ。まるで玩具の兵隊を行進させて遊ばせている子供そのものの色がその瞳には浮かんでいる。

無邪気で、無垢《むく》な瞳の色。この世の穢《けが》れなど知らぬ色。

「エルフたちは邪悪な生き物だと教わりました。森の中に潜《ひそ》み、猟師たちを襲っては、皮を剝いで切り刻み、食べてしまうのだと」

「そのとおりだよ、エリザベータ。奴らは邪悪な生き物だ。見た目こそ美しいものが多いが、その本性は邪悪な精神に染まっている。もし、奴らに正しい心があれば今ごろは光の神を崇めているはずだからな」

エリザベータが震え上がって告げるのに、イヴァン二世が優しく頭を撫《な》でてやった。

光の神。聖光教会が崇める唯一神だ。大陸全土で信仰されており、これ以外の神を崇めるものは邪教徒だとして迫害されている。エルフたちも、光の神ではなく、森の神々を崇めているために迫害の対象だ。

「エルフが根絶やしにされるといいですね。彼らのようなおぞましい生き物が存在するなんて恐ろ

「しくて眠れません」

「まったくだ。我々の国土にエルフが存在することを許していたのは失敗だった。もっと早急に奴らを殲滅するべきだったのだ。そうすれば今ごろはこのような大規模な軍勢を動員せずとも済んだことを」

光の神を崇めないものは動物以下の存在。まして亜人であるならば、生きる権利すら与えられない。それが今のこのマルーク王国のありようであった。

「光の神に祈りましょう。彼らが光の神のご加護を受けて、邪教徒たちを屠《ほふ》ることを。そして、王国に平和をもたらしてくれることを」

「ああ。祈ろう。邪悪なエルフたちがひとり残らず駆逐され、ニルナール帝国の侵略の野望が潰《つい》えることを」

一万五千名の王国軍から派遣された戦力は東方鎮守軍と呼ばれた。彼らは王と王女の祈りを受けてエルフの森へと進軍していった。

そこで待ち受けているものも知らずに。

――リーンの戦い

リーンの街。

そこにマルーク王国の軍勢が集まっていた。

街は軍隊が駐留するということもあって、ひどい騒ぎになっていた。軍の高級将校が寝泊まりする宿屋を確保し、軍隊が消費する食料を確保し、その他軍隊に必要なもろもろの品を確保するためにどこの店もてんやわんやであった。

「この戦争、どう思う？」

マルーク王国軍第一歩兵連隊第三大隊の大隊長であるゴラン・ギンヅブルは同僚の第一大隊の大隊長と宿屋の酒場で話していた。

ゴランは三十代半ばの男で、この世界の陸軍の大隊長としてはいささか歳《とし》を取っている。だが、彼は演習などではその実力をいかんなく発揮している。おそらく昇進が遅いのは、彼があまりにも率直に意見を述べすぎるためだろう。

そんなゴランは結婚して五年になる愛すべき妻と三歳の可愛《かわい》らしい娘を王都に残して、このリーンの街にやってきていた。

「おかしな話と言えばおかしな話だな。エルフどもが聖アウグスティン騎士団を殲滅《せんめつ》するだなんて。あそこには天使召喚が行える団長がいたはずだ。エルフ風情《ふぜい》が騎士団を、この国が誇る天使様を屠《ほふ》れるとは思えん」

第一大隊の大隊長は渋い表情でそう告げた。

聖アウグスティン騎士団の武勇は知られていた。かつては南部から侵入しようした南部諸国三万の軍勢の侵攻をわずかに数百名で食い止め、彼らをテメール川に追い落とした話は兵士ならば誰でも知っている。子供たちですらその話を聞くのを楽しみにしているのだ。

「となると、奇襲を受けたか？」

「いや、上層部はニルナール帝国の先遣部隊が潜んでいるのではないかと読んでいるらしい。エルフの森はニルナール帝国が、我々とニルナール帝国を隔てているテメール川を渡河せずに我が国に侵攻できるルートだからな」

ゴランが尋ねるのに、第一大隊の大隊長がそう告げて、エールでテーブルの上に大陸の地図を描く。エルフの森は大陸中心部に位置し、テメール川を迂回《うかい》して、ニルナール帝国がマルーク王国に侵攻できるルートであることを地図は示している。

「ニルナール帝国軍か。かなりの精鋭だと聞いている。何せ五ヵ国が乱立していた南部をわずかに四年でひとつの帝国にまとめ上げたのだからな。エルフたちよりも、ニルナール帝国軍のほうが恐ろしいな」

「エルフも恐ろしいぞ。奴《やつ》らは罠《わな》を作るんだ。人間用のな。人間を罠で捕らえては、耳を削《そ》ぎ落として、鼻を削ぎ落として、眼球をくりぬいて、皮を剝いで食っちまうそうだからな。俺はエルフの捕虜にはなりたくないね」

エルフの噂《うわさ》はどれも物騒なものばかりだ。

だが、真実を確かめたものはひとりとしていない。エルフと接触したという人間はそこまでおらず、彼らが光の神を崇《あが》めず、森の神を崇めているということから、きっとそうに違いないという噂が流れるのだ。

森の付近で子供が行方不明になれば真っ先に疑われるのはエルフだ。熊や狼《おおかみ》などではなく、エルフたちが疑われる。そのたびにエルフの討伐軍が王国軍によって指揮され、エルフの村落が見せしめに焼かれるのだ。

エルフたちは人間を恐れて森の奥へ奥へと隠れ住み、接触がより少なくなったということがエルフに関する噂を余計に盛り上げる。

エルフは人間を食う。エルフは処女の乙女を森の神への生《い》け贄《にえ》に捧《ささ》げる。エルフはかつて罪人だったものが生まれ変わった姿だ。

エルフに関する迷信と悪い噂を数え始めればきりがない。

「しかし、指揮官はチェルノフ大将だろう。無理なことをさせられないか心配だな。あの人は早く元帥になりたがっていて、兵士たちに無茶をさせるってもっぱらの噂だぞ。人殺しのチェルノフと言われてるらしいじゃないか」

「そうか？　俺は彼は冷静な指揮官だと思うぞ。兵士への配慮もこうして的確だしな」

軍人たちが野外で寝泊まりせずに、街の宿屋を借りて宿泊できるようにしたのはチェルノフ大将と参謀たちの努力のたまものだ。一般兵卒たちは外で天幕を張って過ごしているが、士官たちは暖かな街の中の建物で過ごせる。

食事に関してもそうだ。兵站《へいたん》参謀が努力したおかげで、新鮮な野菜や肉などが食べられる。戦場につきものの固いパンや干し肉で過ごさなくともいいのは、兵站参謀が方々から物資を調達したおかげである。

チェルノフ大将と呼ばれる人物は出世に熱意のある人物のようだが、それに適《かな》うだけの実力も持ち合わせているということなのだろう。

「ともかく、敵の正体がわからないのが不気味だな。聖アウグスティン騎士団を壊滅させたのはエルフなのか、それともニルナール帝国の先遣部隊なのか」

「そうだな。敵によっては戦い方も変わってくるからな。ニルナール帝国の部隊ならば、正規軍を相手にする覚悟で戦いに臨まねばならん。エルフが相手ならば罠に注意するだけで、実力で叩《たた》き潰《つぶ》せばいい」

ゴランが告げるのに、第一大隊の大隊長がうなずく。

「相手がエルフだといいな」

「最悪、エルフと手を組んだニルナール帝国の部隊かもしれんぞ」

果実酒でちょうどいいほろ酔いになったふたりがそう告げる。

「そうでないことを我らが神に祈ろう。光の神のご加護があらんことを！」

「そうだな。光の神のご加護があらんことを」

第一大隊の大隊長が高らかにそう告げて杯を掲げるのに、ゴランは苦笑いを浮かべて杯を合わせた。

ゴラン自身は神の力というのをそこまで信じていなかった。彼は光の神に仕える天使が降臨するさまも見たことがなかったし、神に見捨てられたとしか言いようがないひどい貧村の様子を見て育ってきた。

だから、いざとなれば光の神がどうにかしてくれるとは思えなかった。

そんな彼でも神に祈ることになる。それも必死に。

＊

鐘が鳴らされたのは午前三時ごろだった。

まだ朝日も昇らないうちから、警報の鐘が打ち鳴らされていた。

この東方鎮守軍の指揮官であるチェルノフ大将はベッドから起き上がって、参謀たちを招集すると事態の把握を始めた。

「何事だ？」

「はっ。先ほど発された警報は街の城門が攻撃を受けているというものでした。今も城門が攻撃を受けており、街の民兵組織が交戦中です」

「城門が攻撃を受けているだと！　なぜ、街の民兵組織などに任せた！　この交易都市リーンが落ちるのは王国にとって死活問題だぞ！　ただちに我々の部隊を投入し、城門の攻撃を食い止めよ！」

「か、畏《かしこ》まりました！」

チェルノフ大将が命令を叫ぶのに、参謀と指揮官たちが応じる。

城門への攻撃を阻止せよ。

攻撃されている城門は東城門。そこに第一歩兵連隊第一大隊が早急に向かった。酒場でゴランといっしょに酒を交えて話していた人物の部隊である。彼の率いる部隊がもっとも速く、攻撃を受けているという東城門に到達した。

だが……。

「な、なんだ、これは……」

城門の地面は至るところで穴が開いていた。そしてその穴から鋭い牙が突き出し、東城門を守ろうとするリーンの街の民兵隊を地面に引きずり込んでいた。民兵隊は必死にクロスボウや弓矢で抵抗するが、穴の中に潜む怪物は素早く、攻撃を受け付けない。

第一大隊の指揮官にはそれがこの世の光景だとは思えなかった。まるで悪夢の中から飛びだしてきたような光景であると思えた。

「あんた！　そこにいたら食い殺されるぞ！　早く城門か建物の上に登れ！」

民兵隊の指揮官らしき人物が第一大隊の指揮官に向けて叫ぶ。

「何かに登れ！　急げ！」

第一大隊の指揮官が命じるも遅く、やってきた第一大隊の兵士たちは突如として地面から突き出してきた牙に挟まれ、地中へと引きずり込まれていく。悲鳴すらも地面の中に引きずり込まれて消えた。

そのことに兵士たちが悲鳴を上げて、思わずその場に蹲《うずくま》ろうとする。敵はその蹲った地面の下から攻めてきているというのに、だ。恐怖心が行動を制御できず、非合理的な行動をとってしまったのである。

人間、いくらそれが非合理的であろうとも、生物として生まれ持った感覚が時として行動を支配してしまうのだ。恐怖からアドレナリンが全身を駆け巡ろうとも、一歩として動けなくなる兵士がいるように。

「急げ、急げ！　このままじゃ全滅だぞ！」

第一大隊の指揮官が懸命に叫び、恐怖をかろうじて抑え込むことのできた兵士たちは手近な建物や城壁に大急ぎでよじ登る。第一大隊の指揮官は状況を把握するために必死に走って、城壁へとたどり着き、慌ただしく城門を駆け登った。

「どうなっている!?」

「さっきからあの地中から襲い掛かる怪物にやられて手も足も出ない！」

第一大隊の指揮官が現状を確認するのに民兵隊の指揮官が答えた。

「敵はこいつらだけか……？」

第一大隊の指揮官は非常に嫌な予感がした。

確かに地面から襲い掛かる怪物は恐ろしいが、まだ別の脅威がいるのではないか。第一大隊の指揮官は直感的にそう感じている。

「て、敵です！　怪物の群れが城門に迫っています！　数え切れません！」

そして、嫌な予感は的中した。

地中からの敵が民兵隊と第一大隊を攻撃している間に、東の方向から膨大な数の怪物が押し寄せていた。その姿は蜘蛛《くも》のようであり、蠍《さそり》のようであり、蟻《あり》のようであった。ともかく、とんでもない数の化け物がこの城門に迫っている。

怪物の群れは地面をすべて覆い尽くすようであり、列をなして整然と進んでくる。これを阻止できるだけの戦力はここには存在しない。マルーク王国から派遣された一万五千名の戦力だけでは、とてもではないが、この怪物の津波を食い止めることはできはしない。

その事実に第一大隊の指揮官は恐怖から放心しかけていた、

「か、怪物が！　怪物が城門を破壊するぞ！」

そして、地面から襲い掛かる怪物に手が打てない間に、新たに地面から這《は》い出《で》てきた怪物が城門を攻撃し始めた。その姿も蜘蛛のようであり、蠍のようであり、蟻のようである。だが、牙一本とっても成人男性の腕ほどはあり、さらには恐ろしく大きな牙で、城門の閂《かんぬき》に食らいつき、がりがりと城門のパーツをすり減らしていく。

「城門を開けさせるな！　弓兵！」

第一大隊の指揮官が叫び、怪物に向けて矢を放つ。

矢は黒光りする外殻に命中したものは弾《はじ》かれたが、体の節やその複眼に命中したものは効果を及ぼした。暴走という効果を。

目がつぶれたり、体の節が破壊された怪物はその場で大暴走し、そこら中のものを手当たり次第に破壊する。城壁にも体当たりし、その衝撃で落下した不幸な兵士が、生きたままバラバラに解体されてしまった。

「やめ！　攻撃をやめろ！　城壁にいるものがやられるぞ！」

「ですが、大隊長殿！　前方からは蟲《むし》の大軍が！」

後方では地中から這い出てきた蟲が城門を破壊し、前方から地面を覆い尽くさんばかりの規模の蟲の大軍が迫っている。蟲のガサガサという足音が響き渡り、加えて大量の巨大な蟲が移動していることで地鳴りまで始まる。

絶体絶命だ。

「城門が破壊されました！」

「クソ！　クソ！　クソ！　何なんだ、こいつらは！」

そして、ついに城門は破られた。門は破壊され、内に向けて開け放たれる。

「まさか、こいつらは聖アウグスティン騎士団を壊滅させた連中なんじゃ……」

「森の方向から現れて俺たちでは手に負えない……。まさしくそうだ……」

兵士たちの士気は削《そ》がれ、攻撃の手は完全に止まっている。

「撃て！　撃ち続けろ！　手を休めるな！　食い殺されるぞ！」

第一大隊の指揮官だけは必死に部下たちを鼓舞《こぶ》し、攻撃に向かわせていた。

だが、無情にも城門から侵入した蟲の大軍は城壁によじ登り始め、そこでひとり、またひとりと兵士を食らっていく。いや、食ってはいない。バラバラに解体しているだけだ。まるで子供がおもちゃで遊ぶように人体をバラバラにしているのだ。

「この化け物め！　化け物め！　化け物がっ！」

第一大隊の指揮官は剣を振るって必死に蟲を叩き落とそうとする。だが、無力だ。彼はいつの間にか部下たちを皆殺しにされ、六体の蟲に囲まれていた。

「ハハッ……ハハハッ……」

第一大隊の指揮官は絶望に染まった表情で剣を落とし、そのまま蟲に解体された。

こうしてリーンの街の城門は突破された。

門から流入する大量の蟲を止める術《すべ》は——もはや存在しない。

＊

「撤退だ！　撤退しろ！　ここで戦って勝てる相手じゃない！」

マルーク王国軍は一時間にわたってリーンの街に流入した蟲に対処しようとしたが、それはすべて無駄に終わった。

その硬い外殻は剣では切れず、矢は弾かれ、なによりそんな怪物が何百、何千、何万と存在するのだ。

一万五千名を誇る東方鎮守軍でもこの蟲の津波には対応できるものではなかった。彼らは数の暴力に押しつぶされ、牙と鎌で八つ裂きにされる。リーンの街のそこら中に兵士だったものの残骸が転がり、蟲たちが大通りを駆け巡る。

「撤退⁉　どこに逃げろっていうんだ⁉」

第一歩兵連隊第三大隊の大隊長であるゴランは自らも剣を取って戦いながら、撤退の命令を聞いて愕然《がくぜん》とした。どこかに撤退しようにも四方はほぼ蟲に囲まれており、逃げ場などどこにもないではないか。

「大隊長殿！　西の城門が開いているそうです！　そこから逃げましょう！」

「ああ。そうしよう。その前にこの怪物たちをどうにかしないといけないがな！」

副官が告げるのに、ゴランは襲い掛かってきた蟲をクレイモアで切り倒してそう返した。蟲は普通の長剣や弓矢は効果がないものの、クレイモアやハルバードといった重い武器ならばその外殻を叩き潰すことができた。

「クレイモアやハルバードを持った兵は道を切り開け！　行くぞ！」

「おおっ！」

ゴランはそう叫び、西城門へと向けて駆ける。

街ではそこら中で悲鳴が上がっている。蟲たちは兵士と街の人間の区別をつけるつもりはなく、目に入ったものは片っ端から餌食にしていた。昨日の晩、第一大隊の指揮官と飲んだ酒場でも看板娘の恐怖に染まり切った悲鳴が響く。

だが、今のゴランたちには街の人間を助けているような余裕はなかった。自分たちが生き残るだけで精いっぱいであった。いくら悲惨な悲鳴が聞こえてきても、助けを求める声が耳に届いても、すべてを無視して西城門に走る。

助からなければ。生きてここから帰らなければ。まだ幼く愛らしい娘のためにも、愛を誓った妻のためにも、何としてでもここから生き延びて、生還しなければならない。だから今は誰かを助けているような余裕はないのだ。

ゴランはそう自分に言い訳をし、必死になって西城門に向けて駆けていく。鎧《よろい》があまりにも重く感じられ、すべてを脱ぎ捨ててしまいたい衝動にかられたが、鎧を捨ててしまえばそれこそあの蟲たちに八つ裂きにされると感じて、体に掛かる負担を必死になって耐えた。

「止まれ！　友軍か！　所属は！」

「第一歩兵連隊第三大隊だ！　撤退命令が出ている！」

途中、この未曾有《みぞう》の混乱の中において、何とか兵士たちの統制を取り戻そうとしている上級将校と遭遇した。

「撤退だと！　このリーンの街を放棄するつもりか！　あのような蟲どもなどにこの重要な街を明け渡すというのか！　そのようなことになればマルーク王国軍人一生の恥だ！　配置に戻って戦い続けろ！　撤退は許可しない！」

「ですが、撤退命令が出ているんですよ！」

上級将校が頑《かたく》なに撤退させまいとするのに、ゴランが叫ぶ。

「撤退命令など出ておらん！　チェルノフ大将は最後の一兵までこの街を守れと命令された！　さ

あ、前線に戻って戦い――」

上級将校がゴランたちを街に戻そうとしたとき、地中から牙が突き出して、上級将校を上半身と下半身に切り分けた。そして、悲鳴を上げる彼を地面の中に引きずり込んでいった。助けるものは誰もいない。

「よし、撤退だ。こんな戦いやってられるか」

ゴランの言葉に生き残っていた第三大隊の兵士たちがうなずく。

もう兵士としてのゴランはいない。家族が家で待っているゴランがいるだけだ。ほかの兵士たちも同じように、今を生き延びるためだけにこの地獄の中から逃げ出す覚悟を決めた。軍法会議など知ったことか、と。

「もう少しで西城門に到着する。そうなればこの地獄のような街の外に出られるぞ。もう少しだ」

ゴランは自分と兵士たちを鼓舞しながら駆ける。

だが――。

「逃げ出すつもりか」

西城門は開いてなどいなかった。

いや、西の城門は確かに開いていたが、蜘蛛の糸のようなものが城門を覆い尽くし、誰も通れないように塞いでいた。強行突破を試みて、糸に絡まり、そのまま蟲に屠られた死体がいくつもはりついている。

「そりゃないだろう……」

ゴランの表情が絶望に落ちた。

「さて、ここを通るというならばこの私が相手になろう。ブラッディナイトスワーム〝セリニアン〟がな」

セリニアンと名乗った女性は、この街を襲っている蟲の下半身に美しい女性の上半身を持った怪物だった。返り血のような深紅の色をした鎧を身に纏《まと》い、黒い長剣を手にして、ゴランたちの前に立ちふさがる。

「やむをえん！　強行突破だ！　弓兵は援護！　重装歩兵は前に出ろ！」

ゴランはもはや目の前の女性を同じ人間だなどとは思わず、敵として対処した。じつに的確な判断だ。

分厚いプレートメイルに身を覆い、手にはクレイモアやハルバードを手にした重装歩兵が前列に進み出て、後方では弓兵がセリニアンと名乗った女性——いや、怪物に向けて弓矢の狙いを定める。

「かかれ！」

弓兵がいっせいに矢を放ち戦いが始まった。

「甘い」

セリニアンは尾の部分から糸を吐き出すと、通りに面していた建物の屋上に飛び乗り、弓兵の放った矢をすべて回避する。

「行くぞ！」

そして、重装歩兵めがけて一気に降下してきた。

「ぐあっ！」

セリニアンの剣は重装歩兵の目を覆う薄い部分を貫き、眼球から目を押しつぶして絶命させる。どこまでも巧みな剣術だ。

「怯《ひる》むな！　進め！」

ゴランは危機的状況にあると理解しながらも、戦うしかないことも理解していた。ここで逃げようとすれば、あのセリニアンという怪物は容赦なく追撃を仕掛けてくるだろうし、また怪物で溢《あふ》れる街に戻ることになってしまう。

ここはセリニアンを撃破して、何とか西城門より脱出する。ゴランはそう決意した。

「所詮人間どもはこの程度か」

重装歩兵三体が同時にセリニアンに襲い掛かるのに、セリニアンは背中から飛び出した昆虫の脚部で重装歩兵二体の胸を貫き、長剣で重装歩兵一体の喉を貫いた。重装歩兵は大量の血液を吐きながら地面に崩れ落ち、起き上がることはなかった。

「さあ、かかってこい人間ども。全員殺して同胞を生み出す糧《かて》としてくれる」

セリニアンは長剣と二本の脚部を構えてゴランたちと対峙《たいじ》する。

「重装歩兵は防御だ！　弓兵は射続けろ！」

重装歩兵の鈍い動きでは軽装で素早いセリニアンの相手はできないと判断したゴランは重装歩兵を盾とし、弓兵で片を付けることにした。

「鈍い、鈍い、鈍い！」

弓兵たちが矢を放つのをセリニアンは己の剣と尾で叩き落としていった。何十、何百という矢が放たれたがセリニアンに傷を負わせたものは一本としてない。

「む、無理だ！　こんな化け物相手に戦えない！」

「誰か助けてくれ！」

弓兵たちは自分たちの攻撃がすべていなされるのに恐怖して逃走を始めた。

「待て！　そっちは怪物だらけだぞ！　皆殺しにされるぞ！」

ゴランが制止するのもむなしく、逃げ出した弓兵は路地裏から飛び出してきた蟲に押さえつけられ牙と鎌で滅多刺しにされた。悲鳴が響き渡り、やがて静かになる。

「まだ戦うか。それともおとなしく糧となるか」

セリニアンは剣を構えて重装歩兵とゴランたちに対峙する。

「誰が黙って餌になるかよ……！」

ゴランは覚悟を決めて、重装歩兵と共にいっせいにセリニアンに襲い掛かった。

だが、またしても攻撃は不発に終わった。

重装歩兵たちは足元をセリニアンが放った蜘蛛の糸に取られて転倒し、唯一突破したゴランの剣はセリニアンに受け止められてしまった。

「まだだ！」

ゴランは諦めずに攻撃を繰り返す。

右、右、左、上、右。あらゆる角度から素早く剣を繰り出すが、セリニアンの剣術は並はずれていた。彼女はゴランの攻撃を一撃も通過させることなく、すべて弾き飛ばし、逆にゴランに向けて剣を放って彼の右腕に深い傷を負わせた。

「畜生……」

「大丈夫ですか、大隊長殿！」

ゴランが負傷に呻《うめ》いているとき、糸から脱出した重装歩兵が駆け付けた。

「いっせいにかかれ！　奴が対処できるのは三人までだ！　それ以上は対処できない！」

「了解！」

ゴランが命令を叫ぶのに、重装歩兵が五名でいっせいに襲い掛かった。

「誰が対応できるのは三名までだと？」

セリニアンは妖しく笑うと、尾をくねらせて重装歩兵と相対する。

そして、襲い掛かった五名の重装歩兵は――。

「なっ……」

ゴランの目を疑う結果となった。

セリニアンは蜘蛛の下半身から吐き出した糸で二名の動きを封じ込め、その隙に三名を長剣と昆虫の脚で貫いて排除し、それがかたづくと糸で動きが封じられている二名を長剣でひとりずつ始末していった。

鮮血が迸《ほとばし》り、セリニアンの鎧に飛び散るが、深紅のセリニアンの鎧には血の色は目立たず、溶け込んでいった。

「さあ、最後はおまえだ」

セリニアンは長剣をゴランに向けてそう宣言する。

「畜生……。この怪物どもめ……。エルフが黒魔術で召喚した悪魔か！」

ゴランは片手で長剣を構えながらそう叫ぶ。

「エルフが我々を呼んだだと？　何をふざけたことを。私は偉大なるアラクネアの女王陛下によってこの世に産み落とされたのだ。エルフなどに召喚されたものではない。アラクネアはエルフなどを超越した偉大なる文明っ！」

セリニアンは堂々とそう宣言する。

「アラクネ、ア？　それがおまえたちの国の名前なのか？　いったいなぜ俺たちの国を侵略しようと思った！　貴様らは野蛮人か！　文明や人倫を持たぬ輩《やから》なのか！」

「何を愚かな。先に手を出したのはおまえたちだ。おまえたちが我々と友好関係にあったエルフたちを襲い、女王陛下はそのことに激怒された。そうマルーク王国をこの地上から抹消することを決意なさるほどに」

ゴランが痛みをこらえて叫ぶのに、セリニアンは静かにそう告げた。

「おまえたちの国はこの地上から抹消される。国の民はひとりとして生かしてはおかない。そう女王陛下は決意された。私はその命令に従うのみ。恨むならば、バウムフッター村を襲った聖アウグスティン騎士団とやらを恨むのだな」

「やはり、聖アウグスティン騎士団をやったのはおまえたち――」

ゴランが最後の言葉を言い切る前にセリニアンがその首を刎《は》ね飛ばした。

鮮血が噴き上げ、セリニアンの鎧をさらに朱色に染める。

「ご苦労様、セリニアン」

「女王陛下！」

セリニアンがゴランたち第一歩兵連隊第三大隊を始末したとき、背後から少女の声が響いた。アラクネアの女王だ。この血なまぐさい戦場には不釣り合いな、壮麗なドレスを身に纏った彼女が、セリニアンの下にやってきた。

「けど、喋《しゃべ》りすぎだ。雑魚《ざこ》は適当に始末すればいい。いちいち会話をしてやる必要などない。そんなことをしていたら時間がいくらあっても足りない」

「も、申し訳ありません、女王陛下！」

肩を竦《すく》めてアラクネアの女王が注意するのに、セリニアンが頭を下げる。

「まあ、いい。格好良かったからね、セリニアン。さすがは私の誇る英雄ユニットだ。君のことは大切に育てていって、やがて世界最強のスワームにしてあげるから。だから、死なないでね？」

「はっ。必ず生き残ります」

アラクネアの女王が優しげに告げるのに、セリニアンは思わず涙してしまった。

「泣かない、泣かない。セリニアンは子供じゃなくて歴戦の猛者《もさ》なんだから」

「すみません。女王陛下のお言葉がありがたすぎて……」

えぐえぐと泣くセリニアンの頭をアラクネアの女王がよしよしと撫《な》でてやる。

「さあ。ここでの戦いを終わらせよう。そして、次の街へ、その次の街へ、そして最後は王都シグリアを落とす」

「畏まりました、陛下」

アラクネアの女王はそう告げ、セリニアンが付き従う。

リーンの街での戦い。

駐留していた東方鎮守軍は壊滅し一万五千名の戦力が丸々消滅した。そして、リーンの街に暮らしていたものたちも皆殺しとなり、十五万人近い住民が死亡した。

だが、これは悪夢の始まりにすぎない。

アラクネアの女王によるリッパースワームラッシュは始まったばかりだ。

――肉団子

リーンの街を攻略している間に北部と南部でもリッパースワームによるラッシュが行われていた。城門はディッカースワームによって破壊され、都市になだれ込むリッパースワームを前に動員された民兵たちができることはなかった。

殺し、殺し、殺し。流血、流血、流血。

リッパースワームたちは情け容赦なく街の住民も民兵も八つ裂きにし、ワーカースワームたちがその死体を一ヵ所に集めた。

これからやるべきことはひとつだ。

「はい。肉団子を作って」

私は集まったワーカースワームたちにそう告げる。

「肉団子ですか？」

「そう。ゲームじゃ君たちも作ってたでしょう。殺した敵兵や労働者、家畜の死体を肉団子にする。受胎炉に死体をそのまま押し込むより肉団子にしたほうが入れやすいし、それに保管するのにも場所を取らない」

ワーカースワームの一体が尋ねるのに、私はそう説明した。

「餌玉のことですね。理解しました。ただちにかかります」

「よろしく」

私の言葉を理解したワーカースワームたちが死体に牙を突き立て、鎌を突き立てミンチにしていく。服ごと、鎧《よろい》ごと、ワーカースワームたちは粘着質な音を立てて、死んだ兵士や民間人をミンチに変えていく。

その死体の中には私のドレスを買った服屋の店員や、いつも食肉を売ってくれた肉屋の店員などが混じっていたが、私はさしたる感傷を覚えなかった。これは戦争なのだから、敵側の人間が死ぬのは当たり前じゃないかと。

これはスワーム的な考えだろうか？　私の意識はとうとうスワームの集合意識に完全に飲み込まれてしまったのだろうか？　あの自分たち以外はすべて餌という獰猛《どうもう》極まりない種族の意志に支配されてしまったんだろうか？

いや、そうでもない。

あの服屋の店員も、肉屋の店員も無責任にエルフを蛮族だと決めつけていた。そのような民衆の意志があったからこそ、マルーク王国という国家はエルフたちを皆殺しにしようと、こうして軍隊を結集させてきたのだ。

先に仕掛けてきたのは向こうからだ。私は能動的に迎え撃った。ここにいた兵士たちや市民たちをそのままにしておけば、いずれは我々アラクネアか、また無防備なエルフに仇《あだ》なすことは間違いないのだから。

私がそんなことを考えている間にもワーカースワームたちはミンチを生産し続け、それを小分けにするとくるくると器用に回し、肉団子を形成した。国産人間肉百%使用の肉団子の出来上がりだ。ワーカースワームたちは餌玉と呼んでいるからそっちのほうが正しいのだろうが、まあどっちでもいいだろう。

「女王陛下。これから何をすれば？」

「三分の二は受胎炉に入れて。受胎炉は完成したんだよね？」

「はい。出来上がっております」

マルーク王国は憎々しいことに広い。

いちいち拠点の洞窟に戻っていては時間がかかりすぎる。ラッシュで重要なのは速度なのだ。何よりもその速度をもってして敵が対応できない間に蹂躙《じゅうりん》しきるのが、ラッシュの基本である。

その点アラクネアはラッシュに向いている。リッパースワームは生産コストは安く、そして作成速度も速い。うまく動けば序盤から大軍勢を作れる。もっとも、リッパースワームが通じるのはゲーム序盤だけで、後半になると敵のアップグレードしたユニットに簡単に屠《ほふ》られてしまうはかない生き物なのだが。

話が脱線したが、ラッシュに話を戻そう。

マルーク王国は広く、私たちが現在保有しているスワームだけでは覆い尽くせないと思われる。私は小さな辺境の街や農村のひとつも逃さず壊滅させるつもりなので、数は必要なのだ。

そのために前進基地を設置した。

前進基地というのは拠点機能を戦線付近に構築したもの。建物の建造を可能にする小型拠点〝アラクネアの巣〟、スワームたちを生み出す〝受胎炉〟を中心に、受胎炉を動かす〝動力器官〟や資源を保管する〝肉臓庫〟。必要最低限のものが、このリーンの街の広場に前進基地として設置されていた。

ここから新しくリッパースワームを生み出して前線に送り込む。

普通はリッパースワームラッシュでこんな面倒なことはしないのだ。リッパースワームラッシュはその速度にすべてがかかっていると言っていいのだから。だが、敵はリッパースワームラッシュに耐える可能性を含んでいる。ならば、用心に用心を重ねても仕方がないものだ。

そう、敵には城壁があり、あの天使とかいう代物が存在している。

あの天使、どこかで見たような気がするのだが思い出せない……。確かにどこかであのような天使を見て、同じように殺した記憶があるのだが……。

まあ、いい。敵が仕掛けてくるにせよ、こちらから進軍するにせよ、敵は皆殺しにしてしまうだけだ。リッパースワームの津波によってすべてのものを肉塊と化し、地上に地獄のような血の海を作り上げるだけの話である。

「全受胎炉、リッパースワーム、生成」

リッパースワームより上位の中級ユニットを生産するということも考えたが、今はリッパースワームに集中させる。移動速度が全ユニット中最速のリッパースワームとそれに次ぐ速度のディッカースワームに、別の中級ユニットを混じらせると全体の足が遅くなる。それはただでさえ速度が落ちぎみの状況である我々にとっては望ましくない。

ラッシュは速度が命。敵がリッパースワームに対抗する術を生み出す前に、速度によって叩《たた》き潰《つぶ》してしまわなければならない。

「北と南でも前進基地が完成してリッパースワームを大量生産中、と。総勢十万体とはびっくりな数字だ。私のパソコンだったら処理落ちしてたね」

北と南でも都市の住民をむさぼり、軍隊を屠って、リッパースワームの軍勢が膨《ふく》れ上がっていた。私の集合意識には十万体のスワームたちの意識が入り込んでいる。頭の中がどうにかなりそうだ。

「リッパースワームは五十体ごとに完成したら前進。波状攻撃だ。リッパースワームの波状攻撃は恐ろしいよ。並みいるものすべてを飲み込んでいき、落ちないと思われた要塞があっけなく陥落するんだから」

私は集合意識を通じて命令を発する。

集合意識は便利なものだ。こちらにいながらにして、モニターからゲームをプレイしているように命令が下せる。物事を俯瞰《ふかん》して眺め、取るべき最善の策を講じることが可能になる。

「セリニアン。私たちも前線に向かう。君のレベリングをしなくては」

「はい、陛下。ですが、陛下は安全な場所におられたほうがいいのでは……？」

ふむ。セリニアンの言うことももっともだ。私は前線にいても何の役にも立たない。完全な足手まといだ。強いのはユニットたちであって、アラクネアの女王である私はただのブレーンにすぎない。

「それでも行くよ。自分のしたことを見届けたい」

それでも私は前線に向かう。私がやったことを直接目にするために。

きっと集合意識の映像だけではわからないものがわかるだろう。

「そうおっしゃられるのであれば、このセリニアン。全力で女王陛下をお守りします」

「頼んだよ、セリニアン」

きっと前線は死体の山だ。そして前進基地に肉団子にされた死体が運び込まれては、新しく受胎炉でリッパースワームを生み出すのだ。

その光景を見たとき、私はどう思うだろうか。

自分のしたことを後悔する？　彼らに憐《あわ》れみを覚える？　責任に胸が痛くなる？

どれもあり得ない。なぜだかそう断言できる。

「では、行きましょう、女王陛下」

「ああ。行こう、セリニアン」

私は征《ゆ》く。異形にして愛《いと》しい蟲《むし》たちと共に。

私は彼らに約束したから。彼らを勝利に導くと。

だから、後悔も、憐れみも、責任も感じない。

むしろ、アラクネアを勝利に導けないのではないかという不安のほうが大きい。私はちゃんと今回のスワームたちを勝利させることができるだろうか。

いや、やってみせる。私ならきっとやれる。

それがどれだけ血に塗《まみ》れたことでも私は成し遂げてやる。

私の敗北は私を慕ってやまない蟲たちの全滅を意味しているのだから。

「セリニアン。私は負けない。きっと勝ってみせる。どんな相手でも」

「はい、女王陛下。私たちは女王陛下にどこまでも付いていきます」

私たちは決意を胸に、前線へと向かった。

*

「ええい！　どうなっているのだ！　何が起きたというのだ!?」

マルーク王国王都シグリア。

先ほどから激高しているのは国王イヴァン二世だ。

簡単な遠征のはずだった。

そう、エルフの森に攻め入ってエルフを根絶やしにし、ニルナール帝国の先遣《せんけん》部隊を壊滅させるだけの仕事であった。たったそれだけに一万五千名の戦力は過剰だと思われていたほどであった。

数週間後には凱旋《がいせん》式典の準備を行わなければならないなと、軍務大臣であるオマリと共に話していたぐらいであった。

だが、それが一転した。

今や東方鎮守軍とは完全に連絡が途絶し、一兵残らず壊滅したものと思われる。一万五千名の戦力が完全に壊滅したのだ。それも敗北の知らせを送る余裕すらないほど、徹底的に、かつ迅速に壊滅してしまったのだ。

そして方々から届く知らせでは異形の集団が突如として現れ、街や村々を襲っているという。その数は数万という膨大な数に及び、各地で掻《か》き集《あつ》められた民兵や騎士たちが交戦しているが、勝利の知らせはひとつもない。

「何が起きたのだ、オドエフスキー候！」

イヴァン二世はオマリにそう告げて問い詰めた。

「わ、わかりません。いっさいが不明なのです。調査に向かった部隊もほとんど戻ってこず、命からがら逃げてきた兵士たちは恐怖で何も喋《しゃべ》れないような状況でして……」

「まさかニルナール帝国の本格侵攻が始まったのか？　あの国がついに我々の国に攻め込んできたのではあるまいな？」

オマリがどう答えていいかわからずにおずおずと告げるのに、イヴァン二世がそう問うてその額を押さえる。

東方鎮守軍が壊滅したと考えられてから至急、調査隊が派遣された。だが、その調査隊はマルーク王国陸軍の中でも精鋭と呼べる部隊が派遣されたにもかかわらず、ほぼ壊滅。かろうじて生き残った兵士に事情を聞いても、恐怖からか廃人のようになっており、しきりに蟲が、蟲がとうわ言を告げるだけになってしまっていた。

「いえ。外交筋ではニルナール帝国は今回の件にいっさい関与していないとのことです。ニルナール帝国大使も関与を否定しています。また諜報《ちょうほう》部門からの報告でも、ニルナール帝国が動いた気配はないとのことです」

　そう告げるのは宰相のスラヴァだ。

　ニルナール帝国は一連の事件へのいっさいの関与を否定した。自分たちは森に暮らすエルフたちとつるんでもいないし、聖アウグスティン騎士団を壊滅させてもいない。また、今王国を襲っている混乱とも無関係だと。

　これはひどい外交的侮辱だとすら彼らは言っていた。まるで自分たちに降りかかった不幸をすべてニルナール帝国に押し付けようとするような、そんな無礼極まりない態度である、と。ニルナール帝国の大使はそう激怒して告げていた。

「では、どこの誰が攻め込んできたというのだ？　このような暴虐なる侵略を誰がなしえたというのだ？」

　イヴァン二世が必死に問いかけるのに答えられるものはいない。

「わかりません……」

「ここまでの侵略を受けて侵略者の正体すらわからないとは……。なんたることだ。我が国始まって以来の失態だ。入っている情報によればすでに敵は黄土《おうど》山脈まで侵略を完了し、さらに前進しているものと思われるのに」

　黄土山脈とはマルーク王国の中央からやや西に進んだ場所にある山岳地帯である。狭い隘路《あいろ》がいくつも延びている険しい山岳地帯で、ここがマルーク王国の非常時における重要な防衛線のひとつであった。

狭い地形――隘路の出口に兵力を張りつけ、敵の移動を阻止することこそが黄土山脈以西を守るための戦略であった。敵は大兵力を投入できず、マルーク王国側は少数の戦力で足止めすることが可能になり、敵が損耗《そんもう》したら今度は逆襲するのだ。それがマルーク王国の戦略であった。

だが、その黄土山脈はすでに落ちている。

何が起きたかをここにいる誰もが知らないが、黄土山脈から逃げ延びた兵士は無数の敵が押し寄せて、すべてが蹂躙されたと告げている。

そう、そのとおりだ。

アラクネアの女王はリッパースワームに波状攻撃を行わせた。敵が少数の戦力で隘路を塞いで時間稼ぎをしようとするのに、ディッカースワームで彼らの足元を崩し、膨大な数のリッパースワームの津波によって防衛戦力を押し流した。

まさに津波としかいいようがない。

弓兵の矢は外殻に弾《はじ》かれ何の役に立たなくとも、砦《とりで》のバリスタと魔術攻撃はリッパースワームに有効だった。黄土山脈の隘路にはバリスタに貫かれたリッパースワームと魔術攻撃で焼かれた死体が転がっている。

だが、それ以上にリッパースワームの津波に押し流された兵士の死体で満ちていた。

恐ろしい侵略。

黄土山脈の防衛線は崩れた。リッパースワームの大攻勢によって。黄土山脈はリッパースワームに覆い尽くされ、そこにもアラクネアの前進基地が設置された。黄土山脈を守っていた兵士たちは、肉団子にされて肉臓庫に収められるか、受胎炉に詰められて新たなリッパースワームを生み出している。

「どうすればこの侵略を阻止できるというのだ……！」

「幸いにして決戦地点は残っています。アーリル川です。敵がアーリル川を渡河するときに決戦を行えるはずです」

アーリル川は黄土山脈からさらに西に行った場所に流れる川だ。南のアーリル・イル湖を水源としてマルーク王国を南北に横断する川である。

そこがマルーク王国の黄土山脈に次ぐ第二防衛線だと言えた。川などの水のある地形を渡ろうとする敵は弱い。兵は水において弱くなる。敵の正体が何であれ、川を渡るときにはある程度無防備になるはずだ。

マルーク王国軍はそこを突く。

敵が懸命に上陸しようとするところを対岸から滅多打ちにし、上陸したばかりで戦闘態勢が取れないその場で攻撃する。そうすれば敵は脆《もろ》くも崩れ、アーリル川に屍《しかばね》をさらすだろう。暴虐なる侵略は食い止められるのだ。

「では、アーリル川での決戦を。兵力は総動員しろ。これが決戦だ。これまでのように砦ごとに各個撃破されぬように兵力は纏《まと》めよ。できるな、オマリ？」

「はっ。すでにアーリル川の防衛は命じております。渡河可能な橋を中心として、多大な兵力が展開しております。もっとも過酷な戦いとなるでしょうが、我々が勝利する見込みのもっとも高い戦いでもあります」

イヴァン二世が命じるのに、オマリがうなずいてみせた。

防衛線は定められた。依然敵の正体は不明ながら、マルーク王国はアーリル川で最後の大規模な決戦を行うことが決定された。

敵の正体がわからないのにこのような計画を立ててはたして正しいのであろうか？　だが、ほかに手はないのだ。残念なことにアーリル川を突破されれば、王都シグリアまでは一直線である。何の要塞線も存在しなければ、天然の要害も存在しない平原が広がっているのだ。ここで防がなければマルーク王国に未来はない。

「では、ただちに行動せよ。アーリル川で何としても敵を阻止するのだ」

「畏《かしこ》まりました、陛下。ただちに準備いたします」

イヴァン二世はそう命じ、軍議を終わらせた。

「お父様！」

イヴァン二世が内心で不安を抱えながら軍議が行われていた大広間を出たとき、第二王女のエリザベータが駆け寄ってきた。自分が入ることを許されない軍議が終わるのを外で待っていたようである。

「お父様。侵略は阻止できるのですか？　私は恐ろしくて、恐ろしくて……。敵がエルフの仲間だとすれば奴《やつ》らも人間を食ってしまうはずですから」

「大丈夫だ。今、軍議で侵略を絶対に阻止できる案について話し合ってきたところだ。我が国の最大規模の戦力が、無法者の侵略者を屠り、おまえを恐怖から解放してくれるだろう。太陽が朝に昇るがごとく、それは間違いない」

幼いエリザベータにも侵略の話は聞こえてきていた。

敵は瞬《また》く間《た》に東方鎮守軍一万五千名を屠った。そしてそのまま西進を続け、王国最大の防衛線である黄土山脈を陥落させた。

あたかも暴君のごとき侵略。

宮廷の侍女たちはもはやマルーク王国は終わりだと嘆き、貴族令嬢たちも震え上がってどこに逃げればいいのか話し合っている。戦えないものは、この侵略を前にして怯《おび》えることしかできない。

「そうであるといいのですが……。今、宮廷は恐怖と悲しみに包まれています。出征した家族がもはや帰ってこないということや、野蛮な侵略者たちの手に掛かってはどのような悲惨な目に遭うのかと……」

エリザベータは今にも泣き出しそうな表情でそう告げた。

「安心せよ。マルーク王国は負けたりなどしない。次の防衛戦にはおまえの婚約者でもあるステファンも出征するぞ。奴の無事を祈ってやるといい。今の王国には誰にも愛するものの祈りが必要だ」

「はい。あの方ならば大丈夫なはずです。きっと生きて帰ってこられるでしょう。私も戦いでの安全を祈っています」

ステファン・ストロガノフは公爵家の人間であり、王室の親類に当たる。

第二王女であるエリザベータとはエリザベータが八歳のときに婚約しており、彼らの婚約は王国臣民から祝福され、エリザベータは正式にステファンと結ばれる日を待ち望んでいた。彼女が後二年成長すれば、愛するステファンの下に嫁ぐことができるのだ。そして、心優しいステファンと幸せな家庭を築くことができる。

公爵家と王家が結ばれれば、それは王国の政治基盤のさらなる強化を意味する。国内の政治は安泰となり、王国は諸外国との問題——特にニルナール帝国との外交関係について注力することができるようになる。

だが、ステファンはすでに成人しており、公爵家の当主として、貴族の義務として戦場に赴《おもむ》いている。いや、彼女たちが結婚していたとしてもステファンはエリザベータを屋敷《やしき》に残して戦場に向かっただろうが。エリザベータはステファンの無事を何度も何度も光の神に向けて祈り続け、彼が生きて戦場から帰り、ふたりが光の神と臣民の祝福の中で結ばれる日を待ち望んでいた。それだけが今のエリザベータの唯一の望みである。

「さあ、戦いが始まる。我々が勝利する戦いが」

「ええ。必ず勝利なさってください、お父様」

イヴァン二世はそう告げたが、誰が勝利するかはわからなかった。

――アーリル川の戦い

私は丘の上からセリニアンと共に風景を見渡す。

川だ。

川があることは知っていたが、実際に見るとじつに悩む。

ゲームの世界では川は移動不能な地形だった。少なくとも何もない状況では川を渡るわけにはいかない。アラクネアにしろ、ほかの陣営にせよ、泳げるユニットは少数だけだ。確か海洋種族の陣営は川も泳いで移動できたはずだ。それからグレゴリアのシーサーペントのような海洋種族たちも同じように。

まあ、ほかの陣営の話をしてもしょうがない。とにかく、スワームたちは川を泳いで渡るわけにはいかない。橋を奪うことがいちばん手っ取り早い。

だが、偵察に送ったリッパースワームによるとここら辺にある橋は片っ端から防御が固められているらしい。普通の攻撃なら押し切れるのだが、相手も学習したらしく、バリスタや魔術師が動員されている。

魔術師は苦手だ。アラクネアには魔術師に相当するユニットが存在しないということもあるが、いまいち対策する手段が思い浮かばないのだ。近接戦闘には弱いので犠牲を覚悟で数で押し切るか。

もう少しユニットのアンロックが進めば、こちらも遠距離攻撃を可能とするユニットが手に入るのだが。今はないものねだりをしてもしょうがないとしても、遠距離攻撃が可能なユニットがいるだけで戦略がもっと柔軟に行えることになるのは事実だ。

さて、こちらには遠距離攻撃能力がなく、完全に敵に固められた橋となるが、数で押すのが頭を使わなくていいのだけれど、芸がない。芸がないことは愛《いと》しいスワームたちの犠牲を強いることになる。ここはひとつ策を練ってみるか。

「ワーカースワーム」

「はっ。女王陛下、何でありましょうか？」

私がワーカースワームを呼ぶのにワーカースワームが首を傾《かし》げてやってきた。

「ワーカースワーム、川を渡りたい。できるか？」

「お時間がいただければ」

私の質問にワーカースワームがそう告げて返す。

「時間は作る。その間に上流に渡河可能地点の準備を。任せた」

「畏《かしこ》まりました、陛下」

ワーカースワームは私の言葉にうなずいて仲間を率いて上流に向かった。仲間は数が多ければ多いほど建設速度が上がる。私はとりあえず二十体ほどのワーカースワームを渡河可能地点設置のために向かわせた。

「残りのワーカースワームは攻城兵器の作成開始。〝投骨機〟を四基」

「了解しました、女王陛下」

攻城兵器は金不足でアンロックできていないから初歩的なものしかない。〝投骨機〟は文字どおり死人の骨の塊を投げつける代物だ。遠隔投射できるだけで、たいしたダメージは与えられない。相手が防御態勢を整えているなら与えられるダメージはほぼないだろう。

それでも嫌がらせくらいにはなるはずだ。

「リッパースワーム、前進開始」

〝投骨機〟が完成し、敵陣に向けて骨を投射し始めると、私はリッパースワームたちに前進を命じた。リッパースワームたちは群がるようにして、橋に押し寄せ、一気に橋を押し通ろうとする。その凄《すさ》まじさと言ったらまさに津波のようである。

黄土山脈では敵の準備が不十分だったために数のごり押しで突破できたが、今回は敵は厳重に備えているうえに、川があるせいでディッカースワームが使えない。状況的には非常に厳しい。

だからこそ、リッパースワームたちにはがんばってもらわなくてはならない。それがたとえ死に繋《つな》がることであろうとも。

あれだけユニットひとつの死を悔やんだ私がこんな命令を発するんて、きっと世界が私たちのことを嫌っていて、特に私は嫌われているんだろう。そうでなければ、私がただ冷酷な性格をしているだけかだ。

「バリスタ、撃て！」

太い矢が連続して放たれ、リッパースワームたちを屠《ほふ》る。だが、リッパースワームたちはその死骸を乗り越えて押し進む。集合意識を共有する彼らは死の恐怖など感じない。ただ命じられたままに、あたかも肉挽《にくひ》き機に放り込まれたようにして死体の山を作りながら突撃する。

彼らのことが哀れでならないが、必要な犠牲だ。

「魔術攻撃準備！」

忌々《いまいま》しい魔術師め。魔術師の詠唱と共に降り注ぐ火球によって橋が真っ赤に燃え、リッパースワームたちが焼かれていく。だが、それでもリッパースワームたちの突撃は止まらない。彼らは健気《けなげ》だ。どこまでも相手に食らいつき、けっして離さない。どこまでも忠実で、どこまでも私のことを信じている愛おしい蟲《むし》たち。

敵戦力はおよそ五万、対するこちらは十五万だ。いつまでもこんな戦いを繰り広げていれば先に倒れるのは向こうで間違いない。だが、私はリッパースワームたちの死体の山を作って勝利するなどということはしたくなかった。

頭が悪すぎるし、リッパースワームがあまりにも哀れだ。

私がそんなことを考えている間にリッパースワームの第六陣あたりが橋の向こうに到達した。リッパースワームは鎌を振り回して居並ぶ重装歩兵の首を刎《は》ね、手足を切断し、仕上げに上半身と下半身を分断する。

「重装歩兵！　応戦しろ！」

敵の重装歩兵は千名といったところか。ほかはただのパイク兵だ。重装歩兵さえ突破してしまえば残りは楽にかたづけられるな。

「ふんっ！」

だが、この重装歩兵がやっかいだ。敵は学習したらしく、スワームに有効なクレイモア、ハルバードといった重装備を使用している。リッパースワームも負けてはいないが、攻撃が命中すると揺さぶられ、牙が折れ、鎌が折れ、頭を叩《たた》き潰《つぶ》されて死んでいく。

「腹の立つ人間たちだ」

私はその様子を眺めてそう呟《つぶや》いた。

「陛下。敵が橋を落とそうとしています」

脇に控えていたセリニアンがそう告げる。

だが、私はセリニアンがそう告げる前に気づいていた。集合意識万歳。

敵は投石器から岩石を石橋に向けて放ち始め、さらには爆裂系の攻撃魔術を石橋に放ちつつある。スワームたちを十二分に引きずり込んだから、あとは橋を落として退路を断ち、そのまま殲滅《せんめつ》してしまおうという気だろう。じつにわかりやすく、じつに予想しやすい戦術だ。私たちのことをまだただの怪物の群れとでも侮《あなど》っているのだろう。

「橋は落とさせていい。こちらの準備は整った」

私はセリニアンに向けてそう告げた。

そう、準備は整った。

橋ができたのだ。

いつのまにかここから離れた上流に一本の橋が架かっている。

ワーカースワームの粘着質な涎《よだれ》と砂と岩石で作られた橋。それが上流に完成した。すでにリッパースワームたちはその橋から一気に対岸に渡りつつある。これはゲームでも実現可能な術だ。橋の建築という術は。

「敵がこちらの岸に渡っているぞ！」

「どうなってる！　そこに橋などあったか！」

橋を正面から馬鹿正直に攻撃させたのは陽動だ。敵にはこちらに橋を架ける能力などないと思わせ、敵の注意を橋に集中させておくためのもの。犠牲になったリッパースワームたちには申し訳ないけれど、私たちの攻撃は成功した。

障害は敵に遠く渡れ。その戦術的原則にのっとった基本的戦術で私たちはアーリル川に橋を架け、今や数万のリッパースワームがマルーク王国の手出しができない橋を通過して、一気に敵に向けて突き進んできている。

この攻撃を前に敵はうろたえるだけ。敵が慌てふためくのが目に見えるのが愉快でならない。

さあ、後は踏みにじるだけだ。

お楽しみの始まり、始まり。

*

「ストロガノフ公閣下！　敵が我が方に渡河しました！　敵兵約七万が我が方に向けて進軍中で

す！　どうなさりますか⁉」

「まさか。ただの化け物ではないのか。連中には知性があるとでもいうのか。こんな醜く、愚かな怪物たちが我々の裏をかくなどありうるはずがない！」

ワーカースワームが作った橋を通じ、無数のリッパースワームが自軍に向けて押し寄せてくるのに、このアーリル川中央の防衛を任されていたステファン・ストロガノフ公爵は混乱に陥った。

ただの魔獣の類《たぐ》いだと思っていた。突然変異した魔獣が押し寄せてきているのだと思っていた。これまで騎士団や兵士たちがやられてきたのは、ただ敵の数が多く、そして突然変異によって異常に強靱《きょうじん》になっているからだと思っていた。

だが、違う。敵は戦術を使うのだ。敵は知性なき魔獣などではなく、人間並みの知性を持った怪物なのだ。

橋の攻撃は完全な陽動だった。自分たちはその陽動部隊を討ち負かしていい気になっていた。敵の本当の狙いは上流にいつのまにか架けた橋からの攻撃だったというのに。何という取り返しようのない失態だろうか。

ステファンはこの戦いに勝利すれば、国家の英雄となり、晴れてあの美しい――幼いのがいい――第二王女エリザベータと結婚するつもりだったのに。王族との結婚で王国は安定すると共に、ストロガノフ公爵家の名声はどこまでも高まるはずであった。また王族との結婚となれば、国中の臣民が祝福すると共に、ほかの貴族たちとは一線を画する地位を手に入れられるのだ。

それが蟲たちの作り上げた一本の橋で全軍が総崩れになりそうになっている。彼の輝かしき未来が閉ざされようとしている。

「だが、こちらには切り札がある。聖ジューリア騎士団、前へ！」

ステファンは正面にいまだに残る敵を相手にしながら、命令を発する。

迫りくる七万近いリッパースワームに応じるのは千名に満たない騎士団だった。

「頼みましたぞ、団長！」

「お任せを、ストロガノフ公閣下！」

ステファンが告げるのに、聖ジューリア騎士団の団長が応じる。

「天におられる光の神に仕えしもの。今ここに降臨されることを願います、天使マヤリエル様！」

切り札とは騎士団が擁する天使だ。

呼び出された天使は前回セリニアンたちが相手にしたアガフィエルとは異なり、甲冑《かっちゅう》を身に纏《まと》い、光り輝く長剣を手にしていた。体からは神々しい光が放たれている。それはセリニアンが瞬殺したアガフィエルと同じだ。

『人間よ！汝《なんじ》、困難の時にあるか！』

「はっ！我らが今、存亡の危機に立っております！あの邪悪なる怪物たちを退けなければ、このマルーク王国は滅び、何十万、何百万という民が犠牲となることでしょう。どうかそのお力をお貸しください！」

マヤリエルが問うのに、聖ジューリア騎士団の団長がそう願いを届ける。

『よろしい。では手を貸そうではないか。あのものたちは確かに邪悪な存在。天使として見過ごせるものではない！』

マヤリエルはそう告げて、一気に飛翔《ひしょう》し、上流から迫りくるリッパースワームの群れの中に突っ込んだ。

そして、マヤリエルが剣を振るうと数百体のリッパースワームたちが切り裂かれる。弓矢の攻撃を弾き、多少の攻撃ならば受け流してきたリッパースワームたちが、次々に切り倒され、死体に変わっていく。

それはまるで前回スワームたちが遭遇した天使アガフィエルの戦いのようであった。あのときもリッパースワームたちは歯が立たなかった。アガフィエルの熱線と、マヤリエルの剣は同じように強力であった。

リッパースワームの並大抵の攻撃なら弾く外殻が溶けるように裂かれ、あっという間に数十体のリッパースワームが消滅同然に切り裂かれてしまう。

リッパースワームたちも、まるで死に追い立てられる獣のようにマヤリエルに飛び掛かり、鎌や牙で応戦するがほとんど効果がない。天使と呼ばれる存在であるマヤリエルには特別な力かあるいは無尽蔵の体力があるようであった。それを相手にしているアラクネアにとってはじつにやっかいなことであるが。

そう、やっかいなのだ。天使とは普通の攻撃では倒すことがほぼ敵《かな》わない相手である。以前に天使を撃退した例は唯一南部の大国ニルナール帝国のマルーク王国への限定的北部侵攻の際の交戦記録にあるだけだ。そして、ニルナール帝国はどうやって天使を倒したかを明らかにしていない。

『その程度か、邪悪なるものたち！　ならば、ここで果てるがいい！』

マヤリエルがそう告げて、次のリッパースワームの群れに狙いを定めたときであった。

「はあっ！」

突如としてリッパースワームの群れの中から大きく飛翔するものが現れ、マヤリエルに対して襲い掛かっていった。ひたすらに地上を疾走するリッパースワームとはまるで動きが違う。完全に別物の動きである。

それもそうだろう。マヤリエルに襲い掛かっているのはセリニアンなのだ。

「また羽根つきが現れたか！　我らが女王の名において我が剣の錆《さび》にしてくれる！」

セリニアンはそう叫び、マヤリエルに長剣を振り下ろす。

『ぬうっ！　これは破聖剣だと！　貴様、堕落した聖騎士か！』

「己の出自など関係ない！　私は女王陛下の盾となり、剣となるのみっ！」

うろたえるマヤリエルにセリニアンが攻撃を繰り出す。

『いいだろうっ！　全力で相手してくれる！』

マヤリエルがそう告げて翼を大きく広げると、セリニアンに突撃する。

天使の羽を羽ばたかせ、一気に高空に舞い上がるとセリニアンめがけて急降下してきたのだ。その携えた長剣を構えたままに。

「くうっ……！」

マヤリエルの急降下爆撃のような強力な一撃に、セリニアンが地面に叩き落とされる。

「まだだっ！　私は女王陛下の騎士！　何があろうとも！」

　セリニアンは体勢を立て直すと、再び跳躍して、マヤリエルに切りかかる。

『無駄だ！　邪悪なるもの！』

　マヤリエルはセリニアンの攻撃を受け流し、逆にカウンターを叩き込んでくる。剣を受け流され、マヤリエルの膝を腹部に叩き込まれたセリニアンが呻《うめ》く。セリニアンは地面に落下するが、かろうじて倒れてはいない。女王の騎士としての務めというものが、彼女の戦意を根底から支えていた。これだけはほかのスワームたちの集合意識とは異なるセリニアンにとって〝唯一〟の個性であると言えた。

「まだだ……っ！　私は女王陛下の騎士！　何があろうともっ！」

　そして、セリニアンが素早く姿勢を立て直して次の攻撃を繰り出す。

　だが、今回は単純に切りかかったわけではない。

『むうっ！　糸だとっ！』

　そうセリニアンは尾から糸をマヤリエルに向けて放出し、その剣を縛り、思いっ切り引き寄せた。マヤリエルの姿勢が崩れ、セリニアンのほうに倒れこんでくる。同時にセリニアンはマヤリエルに急速に接近する。

　これが突破口となった。

「まずは一撃っ！」

　セリニアンの破聖剣がマヤリエルの体を引き裂き、マヤリエルが悲鳴を上げる。

「次に一撃！」

セリニアンは痛めつけるようにマヤリエルの体を切り刻んでいく。肩を斬り、腕を斬り、腹を裂き、脚に刃を突き立てる。

「まだだ！　果てるまで苦しめ、羽根つき！」

『やめろぉ！　この卑怯《ひきょう》者めがっ！　やめろっ！』

セリニアンはその糸によって完全にマヤリエルの動きを封じると破聖剣でその体を滅多刺しにする。セリニアンの圧倒的忠誠心とそれが根底となっている強さの前にマヤリエルは手も足も出ず、痛めつけられるがままになっていた。

『おのれっ！　おのれっ！　この程度で我ら天使を屠れるものか！』

マヤリエルは手だてがなくなり、逆上したようにしてセリニアンの糸を強引に引きちぎると、セリニアンに襲い掛かった。

『食らえ、邪悪なるもの！』

「死ぬがいい、羽根つき！」

セリニアンとマヤリエルの剣が交錯し――。

『がはっ……！』

マヤリエルの首が引き裂かれ、その傷が致命傷となった。破聖剣によって引き裂かれた彼は人間のように流血こそしなかったものの、アガフィエルと同じようにして光の粒子に変わっていきながらこの世から消滅してしまった。

「そ、そんな！　マヤリエル様が！」

「天使様が屠られるなどありえるはずがない！」

マヤリエルがやられた姿を見て、マルーク王国側に動揺が走る。

天使――この世界では騎士団が擁《よう》し、絶大な力を振るうもの。それを殺すことは事実上不可能であり、無敗の存在として君臨していた。ゆえにマルーク王国側もマヤリエルがやられるなどとは思ってもみなかったのだ。

だが、彼らは忘れていた。同じ天使を有していた聖アウグスティン騎士団が壊滅しているという事実を。

そして、彼らは知らなかった。ブラッディナイトスワーム〝セリニアン〟という英雄ユニットが持つ潜在能力というものを。彼女は神ですら切り殺せるだろう力を秘めているということを。

「愚かな人間たち！　今、我らが女王陛下を前にひれ伏すがいい！」

セリニアンはそう告げて、長剣を構える。

「もうダメだ！　おしまいだ！」

「馬鹿野郎！　最後まで戦え！」

マルーク王国軍の士気はすでに総崩れとなり、脱走兵が隊列を離れようとしては下士官に切り殺される。もはや味方に殺されるか、敵に殺されるかの世界になってしまった。

「き、貴公は人間の言葉を理解するようだ。どうだろうか、降伏交渉を行ってはもらえないか……？　我々は条件次第では貴公の軍に降伏する準備がある……」

ステファンは人間の言葉を発したセリニアンを見て、降伏が可能なのではないかと思い始めた。このまま皆殺しにされるよりも、降伏したほうが兵士たちのためにもなるし、自分も生き残ることができる。

そう、ステファンは生き残りたいのだ。この狂気じみた戦場から。そして、生き延びて美しいエリザベータと結婚し、彼女を味わい尽くしたいのだ。

「何をふざけたことを、我らはアラクネア。世界をスワームによって統《す》べるもの。我らが偉大なる女王陛下の友人に手をかけ、我らが同胞たちを殺し、これまで容赦なく殺し合ってきたというのに降伏だと？」

セリニアンはステファンの申し出を鼻で笑った。

「さあ、武器を取れ。戦士というならば最後まで戦ってみせるがいい。我らがそれを踏みにじり、絶望に変えてくれる」

セリニアンは長剣をステファンに向けてそう宣言した。

「ええい！　やむをえん！　戦闘再開だ！　魔術師は全力で攻撃魔法を敵に叩き込め！　重装歩兵とパイク兵は円陣を組んで魔術師たちを防護しろ！」

ステファンはやけになって命令を発する。

重装歩兵とパイク兵は魔術師たちを囲むように円陣を組み、そして魔術師たちはその中で攻撃魔法を発する。夥《おびただ》しい火の雨がセリニアンたちスワームに降り注ぎ、すべてを薙《な》ぎ払《はら》わんとする。

「駆け抜けろ！　女王陛下のために！」

「女王陛下のために！」

セリニアンとリッパースワームたちは炎の中を駆け抜け、ステファンの軍に迫る。ゲーム中最速だったリッパースワームは、一瞬でマルーク王国軍の陣形に接触し、重装歩兵の首を鎌で刈り取り、パイク兵の胸を牙で突き刺し、彼らが必死に維持しようとした円陣を食い破った。

それからは虐殺だ。

防護を失った魔術師たちはリッパースワームとセリニアンたちに八つ裂きにされ、周囲を取り囲まれた残りの重装歩兵とパイク兵も同じようにただの肉塊になり果てる。

「終わりだ」

セリニアンがそう宣言するときにはこのアーリル川での決戦に臨んだマルーク王国軍の部隊は完膚なきまでに壊滅していた。

司令官のステファンも死に、その亡骸《なきがら》はほかの兵士の死体と混じって判別がつかないものに変わっていた。手足が玩具の人形で遊び散らしたように散らばり、顔面にはリッパースワームの鎌が突き立てられた痕跡が残っている。

「ご苦労様、セリニアン」

「はっ。これで川を渡れますね、女王陛下」

すべてが終わったとき、遠隔地から集合意識で指示を出していたアラクネアの女王がセリニアンの傍《そば》にやってきて労《ねぎら》う。

「みんなもよくやってくれた。ここでの戦いは厳しかったけど、勝ったのは我々だ。もはや我らを遮るものはない。北と南の部隊と合流して、一気に王都シグリアを陥落させ、この国を滅亡させる」

「我らが女王陛下に栄光あれ」

「我らが女王陛下に栄光あれ」

アラクネアの女王が告げるのに、スワームたちが服従の姿勢で女王を讃《たた》える。このポーズを見ると勝利したと実感できる。

「けど、セリニアン。君は相変わらず喋《しゃべ》りすぎだ。そんなに戦いながら喋ると舌を噛《か》むよ。雑魚《ざこ》は適当に切り殺して」

「も、申し訳ありません、陛下」

かくて、アーリル川での決戦はアラクネアの勝利に終わった。

その勝利の前にマルーク王国は厳しい状況に立たされる。

彼らはついに天然の要害を失い、防衛線を国土の内側も内側に定めなくてはならなくなったのだから。

――王国の終焉《しゅうえん》

アラクネアは北と南でも同じような手段でアーリル川を突破した。

もはや、マルーク王国には自然の要害は存在しない。

王都に至るまではいくつもの要塞が存在しているが、そんなものが我々アラクネアを相手に保《も》つはずもないのだ。要塞はどれもがそれぞれ孤立しており、要塞線というものを計画的に構築しているわけでもないのだから。

「ここも陥落だ」

またひとつの砦《とりで》を落として私は呟《つぶや》く。

砦は血の臭いで満ちている。死体がワーカースワームによって運び出され、肉団子に変えられては肉臓庫に運び出されていく。肉臓庫の肉団子は適時リッパースワームに変換されては、受胎炉から吐き出されていく。

兵士が軍服や鎧《よろい》ごと原形を留《とど》めぬミンチにされて、肉団子に変えられている景色は、普通ならば吐き気を催すもののはずだった。漂う死臭を嗅ぎ、粘着質な音が響くのを聞いているだけでも吐いておかしくない。

だが、私はそんな状況を見ながらホットサンドを食べていた。

これは砦の兵士たちが残した材料と器具で作ったもので、中にはチーズとハムが挟まっている。最近は干し肉と硬いパンばかりだったから、アツアツで柔らかく、チーズの風味が香ばしいホットサンドはごちそうだ。私はできたてのホットサンドを食べながら、人間たちを肉団子に変えていくワーカースワームの働きを眺めていた。

「セリニアン」

「は、はっ！　なんでしょうか？」

私は私の傍らに控えているセリニアンに声をかける。

「ホットサンド、食べたい？」

「いえ。陛下の食べ物をいただくなど恐れ多い……」

そう言いながらもセリニアンはちらちらと私のホットサンドを見ている。騎士なのにホットサンドが気になるとか可愛《かわい》い。

「ひとつあげる。作りすぎたから」

「光栄です、陛下！」

セリニアンは骨を投げられた子犬のようにホットサンドに飛びついた。そして、もぐもぐとホットサンドを味わう。

セリニアンたちスワームは別段食事を必要としない。ユニットには維持コストというものがなく、いくらでも作れるのだ。私のホットサンドを美味《おい》しそうに食べているセリニアンにも本来は食事は必要ない。

だが、彼らも娯楽としては食事をしたいときもあるだろう。

幸い、私とセリニアンがホットサンドを味わえば、集合意識を通じてすべてのスワームたちがホットサンドの味を味わうことができる。もちろん、干し肉や生肉から生まれ、生肉をいつも食し、生肉から作られるスワームたちが私が作ったただのホットサンドを美味しいと感じてくれるか幾分か微妙だが。

「いえ。女王陛下、我々も女王陛下と同じ味を味わえてとても光栄に思っております」

「そうか。それならよかったよ」

そんな私の思いが集合意識を通じて伝わったのか、そばを通りかかったリッパースワームの一体が私にそんなことを告げてくれた。今のところ彼らは女王である私の行動に異議を唱《とな》えるようなことはしない。私が決定するままのことを、そのまま受け入れてくれているように思える。集合意識に不和が生じていないことからしても間違いないだろう。

それは私がスワーム的になったせいか、スワームが私に感化されたせいか。それは今の私には知りようがない。

さて、戦争を継続しよう。

「北と南の部隊が配置についた」

私はホットサンドを食べながら、集合意識を通じて北と南を進軍させていたスワームの軍勢が、王都シグリアを攻略可能な位置に着いたことを確認した。北と南は抵抗は乏しく、マルーク王国は鉱山地帯と穀倉地帯を失った。

そして、私たちはここまで来る過程において、住民をひとり残らず殺してきた。殲滅《せんめつ》だ。都市部でも、農村部でもひとりとして生きた人間を逃すことはしなかった。ひとり残らず皆殺しにし、肉団子に変えてきた。

私はまだゲームの感覚でこの戦争を戦っているようだ。敵を生かして残しておけば勝利条件は達成されないというゲームのルール。私はそれを忠実に守って、マルーク王国と名の付くものは根絶やしにした。

村も、街も、要塞も。

生き残ったものはいない。彼らには逃げる時間すらなかった。リッパースワームの進軍速度はこの世界の住民が対応できるものではなかったわけだ。村人も、街の住民も、砦の兵士たちも、リッパースワームが近づいてくるのに気づいたときには遅かった。気づいたときには彼らの牙と鎌が目の前にあり、あっという間に刈り取られてしまう。

村は、街は、要塞は包囲され、リッパースワームが波状攻撃をかけるのに陥落した。スワームたちは捕虜など取らない。老人も、子供も、怪我人《けがにん》も、病人も、皆が肉団子の材料である。

我ながらどうしてここまで冷酷な判断ができるのだろうかと疑問に思う。私たちが殺している相手は人間だ。そして、私の仲間はスワームだ。生物学的見地から判断するならば、私は人間の中に入り、そこで生活するべきだった。

だが、私が選んだのはスワームと共に人間を虐殺すること。まるでサイコパスのように容赦なく、徹底的に、人間を虐殺している。

これでいいのだろうか？

いいのだろう。

私はスワームたちにアラクネアの勝利を約束した。その約束を守らなければ。たとえ、同じ種族である人間を敵に回してでも。それに私はゲームで何度も人間たちを虐殺してきたじゃないか。それと同じようなものだ。

ちょっと現実になっただけ。それだけだ。

「女王陛下、お悩みですか……？」

私がぼうとしながらホットサンドを齧《かじ》っていると、セリニアンが心配そうに話しかけてきた。私たちの中の集合意識で私が人間とスワームという異種族間の抗争に挟まれていささか悩んでいたのを察してくれたのだろう。

「いいや。悩んでないよ、セリニアン。私は憎い。リナトを殺した騎士団を送り込んできたマルーク王国が憎い。そして、何より君たちの勝利のために邪魔になるマルーク王国を滅ぼすべきだと考えている」

私は最後のホットサンドを口に放り込むと、そう告げて立ち上がった。

「さあ、征《ゆ》こう、セリニアン。マルーク王国を滅ぼして勝利のためにまた一歩進もう。それからは……もう一度考える。ほかの国が私たちに干渉するならば、マルーク王国と同じように容赦なく排除するつもりだ」

「畏《かしこ》まりました、女王陛下」

それから私たちは四つの砦を陥落させた。生き残りはなし。

そして、私たちは王都シグリアを前にした。

私は前進基地を王都シグリアの鼻先に設置し、これまでの略奪で手に入れた金で攻城兵器をアンロックし、投骨機の上位互換である腐肉砲をシグリア全面に向けて配置した。腐肉砲は腐肉を投擲《とうてき》し、付近のユニットに毒の効果を与えると共に、施設を腐らせて倒壊させる。威力は低めだが、副次効果がえぐい。私が気に入っている兵器のひとつだけはあり、その見た目も昆虫的な合理的側面を持ちながらも、血肉に彩られたグロテスクさだ。

そして、ワーカースワームたちが十二基の腐肉砲を配置したとき、攻撃の時間が来た。

王都シグリアは住民の避難も十分ではないだろう。むしろ、周辺から安全な城壁に囲まれたシグリアに向けて無数の避難民が押しかけているはずだ。

私がそんな都市を眺めてどう思ったかって？

しばらくの間、肉には困りそうにないな、と思っただけだ。

＊

「世界の終わりだ！　異形の軍勢の手によって、城壁は破られるだろう！　そして大いなる破壊がこの世界を覆うのだ！　光の神に祈っても無駄だ！　神ですらあの怪物たちの進軍を止めることはできない！」

王都シグリアの大広場では中年の聖職者が演説をしていた。

彼はじつに奇跡的にある都市を脱出できた人物で、アラクネアの女王が仕掛けたリッパースワームラッシュの恐ろしさを身をもって体験していた。そして、それをこの世の終わりだと判断するまでに至ったのだった。

聖職者から信仰心を奪い去るほどのアラクネアの侵略。

「黙れ！　ここでの集会は許可されていない！　ただちに解散せよ！」

信仰心を失った聖職者とそれに群がる民衆たちを騎兵が追い散らす。

「何だ！　おまえたち王国軍が弱いからこそ、俺たちは侵略を受けているのだろうが！　文句があるならばあの化け物の軍団を蹴散らしてみせろ！」

民衆たちは騎兵にゴミを投げつけ、罵倒の言葉を吐く。

「怖いわね……。いったいどうなってしまうのかしら……」

そう呟くのは二十代後半の若い母親だ。名前はリュドミラ。五歳と七歳の息子たちを連れて買い物をしていた彼女は、兵士たちと民衆が衝突するのを眺めて、恐怖を感じていた。いつものシグリアではない空気に、不安を感じていた。

「ママ。怪物が来るの？」

「僕たち食べられちゃうの？」

リュドミラが民衆と兵士の衝突から距離を置くのに、息子たちが尋ねる。

「大丈夫よ。ここには立派な城壁がありますもの。そう簡単には破られることはありません。怪物たちは諦めてどこかよそに行ってしまうでしょう」

「それなら安心だね」

「怪物なんて怖くないぞ！」

リュドミラと息子たちはそう言葉を交わして、自宅に戻っていく。

そのころ王都シグリアの王城では悲痛な空気が流れていた。

アラクネアの侵攻をついに彼らは食い止めることができなかった。黄土山脈は陥落し、アーリル川は突破され、王都までのいくつもの要塞もすべてが蹂躙《じゅうりん》された。もはや王都シグリアを守るための備えは王都の城壁しかないのである。

「どうするのだ……？」

王城にてイヴァン二世は宰相のスラヴァと軍務大臣のオマリにそう尋ねる。

「……現状、籠城するしかないかと。食糧庫には二年分の食料が保管されています。それで耐え忍んで、敵が去るのを待つしかありません」

「いつ包囲が終わるかなどわかるのか？　敵は永遠にシグリアを包囲し続けるかもしれないぞ。敵は人間の軍隊ではないのだ。敵は化け物の軍勢なのだ。奴《やつ》らが財政の都合で撤退することなどありえないだろう。野生の動物がそうであるように粘り強く我々が隙を見せる瞬間を待ち構えているのかもしれないぞ」

オマリが険しい表情で告げるのに、スラヴァがそう指摘した。

「他国の援助を頼めないのか？　フランツ教皇国やシュトラウト公国ならば、我々の窮地を救ってくれるのではないか？」

イヴァン二世はそう告げて、スラヴァとオマリを見つめる。

「すでに外交で助けを求めています。ですが、最も早いフランツ教皇国の援軍においても出発には四ヵ月かかり、到着まではさらに時間がかかるとのことです。これではとてもではないですが間に合いません」

マルーク王国の救援要請にフランツ教皇国が応じた。

だが、フランツ教皇国は軍を準備するのに四ヵ月、派遣にはさらに数ヵ月の時間がかかるという絶望的な知らせを伝えただけに終わった。

「なんたることだ！　なんたることだ！」

イヴァン二世は半狂乱になって叫ぶ。

「すでに天使を擁する騎士団は残りひとつとなった。それだけが最後の切り札だ。だが、どこで戦えばいいというのだ。あの蟲《むし》どもはシグリアの四方を覆い尽くしており、どこから侵入してきてもおかしくないというのに」

イヴァン二世は蟲によって自身の王都が包囲されていることを理解していた。そして、蟲がどこから入ってきてもおかしくはないことも理解していた。

「ならば、宝玉を使われては……？　宝玉の力ならば逆転することが可能になるかもしれません」

「宝玉だと。あれを使った歴代の王たちがどうなったのかを知っているうえで、おまえはそう言っているのか」

オマリがおずおずと告げるのに、イヴァン二世が彼を睨《にら》む。

「むろん、存じております。ですが、今は国難の時。宝玉を使うならば今を於《お》いてほかありません。宝玉によって何十万ものマルーク王国の民が救われるならば、その犠牲も無駄にはなりますまい」

「むう……。それはそうだが……」

オマリの言葉にイヴァン二世が考え込む。

「本当に我々の軍では防ぎきれないのか？　城壁をフランツ教皇国からの援軍が来るまで保《も》たせることはできないのか？」

「不可能でしょう。すでにあの蟲どもは黄土山脈を突破し、アーリル川を突破し、数々の要塞を突破しているのです。王都の城壁だけで防ぎきれるものだとは……」

イヴァン二世が必死に尋ねるのにオマリが沈痛な面持ちで告げる。

「……わかった。ならば、城壁が破れしときに宝玉の力を解放しよう。願わくばそれによってマルーク王国の民が救われることを」

「ご決断に敬意を示します」

イヴァン二世が決意を秘めてそう告げるのに、オマリとスラヴァがうなずいた。

「では、変化があれば知らせろ。私は宝物庫に向かう」

イヴァン二世はそう告げて軍議から退席した。

イヴァン二世が去った後も軍議は続き、将軍たちを交えて、どうすればシグリアの城壁を保たせることができるか。食料の分配はどのようにすればいいか。いざという場合に脱出可能な経路はないか。そういうことが話し合われた。

だが、脱出も籠城も、どちらも無謀な選択肢だという現実が改めて突き付けられただけの軍議にすぎなかった。今のマルーク王国には諸外国の支援もなく、また自分たちの軍備すらもすでに消費しきってしまっているのだから。

「まさか、宝玉を使うことになろうとは」

広間から出たイヴァン二世は悲痛な面持ちで地下室に位置する宝物庫に進んでいた。

「お父様。どうなさったのですか？」

そんなイヴァン二世に声をかけるものが。エリザベータだ。

「あ、ああ。国のためにどうすればいいか考えていたところだ」

「そうですか。さすがはお父様です。つねに我らがマルーク王国のことを考えておられるのですね。わたくし、尊敬します」

イヴァン二世が告げるのに、エリザベータが尊敬の眼差《まなざ》しで眺めた。

「エリザベータ。こうしておまえと話すのも最後かもしれん。私は戦いに行くのだ」

「そんな！　ステファン様も戦死されて、お父様まで失うかもしれないだなんて！　誰かほかの方に任せてください！　お父様は国王陛下なのですから！」

エリザベータの婚約者であったステファンがアーリル川の戦いで戦死したという知らせはすでに届いていた。エリザベータは嘆き悲しんだが、今は少しでも前向きに生きようと努力している最中であった。

だというのに、次は父親が戦いに向かうという。これまでの噂《うわさ》からして絶望的な戦いに臨むことになる。死ぬ危険性だって高い。そんな場所に父親が向かうというのは、エリザベータにとって絶望でしかない。

「国王だからこそやらねばならんのだ。私がいなくなっても強く生きろ、エリザベータ。マルーク王国の王女として誇り高く生きろ。私はおまえがきっと私が去った後もこの国を繁栄させてくれると信じているぞ」

「お父様……」

イヴァン二世が諭すように告げるのに、エリザベータが涙をぬぐう。

「はい。私はマルーク王国の名誉ある第二王女として誇り高く生きます。たとえ、それが困難であってもあの蟲たちが排除されれば、国を再興することに全力を注ぎます。どうか、お父様もくれぐれもお気をつけて」

「ああ。気をつけよう」

気をつけても、もはやどうにかなる問題ではないことはイヴァン二世はエリザベータには告げなかった。告げる必要もないからだ。

「では、おまえは安全な場所にいなさい。地下室などがいいだろう。安全な場所に隠れて化け物たちが通り過ぎるのを待ちなさい」

「はい、お父様」

イヴァン二世はそう告げてエリザベータを送り出した。

「国王陛下」

次に話しかけてきたのは、近衛兵《このえへい》であった。

「あの化け物たちがエルフが召喚したものだというのは本当なのですか？　エルフたちが生《い》け贄《にえ》を捧《ささ》げてあの怪物を異世界から召喚したのだと噂になっています。エルフがあの怪物たちを操っているのだと」

「くだらぬ噂だ。エルフたちにそのような力はない。もしあれば、もっと早く使っていただろう。エルフ風情《ふぜい》があのような怪物を使役するなどありえないことだ」

近衛兵が尋ねるのに、イヴァン二世がそう返す。

「それよりもエリザベータをしっかりと守ってやってくれ。頼むぞ」

「はっ！　命を懸けてお守りします！」

とはいえど、あの怪物はどこから現れたのだろうか。エルフの森から現れたことは間違いない。

だが、エルフの森のどこにあれだけの数の化け物が潜む場所があったというのだ。やはりあれはエルフが黒魔術で召喚した悪魔なのだろうか。

悪魔の存在を光の神を崇《あが》める聖光教会は否定していないが、身近だった天使たちの存在と違って悪魔の存在は異質に思える。

「エルフ……。すべての元凶め。エルフさえいなければこのようなことにはならなかったものの。忌々《いまいま》しい森の蛮族たちめ」

エルフさえいなければ調査の必要などなかった。聖アウグスティン騎士団が壊滅させられるようなことはなかった。それから化け物があふれ出したように、藪《やぶ》をつついて蛇を出すようなこともなかった。

すべて光の神を崇めぬエルフが悪い。

あの森の神という蛮族の神を崇め続け、生け贄を捧げ、光の神を崇めようとしなかったエルフたちにすべての責任がある。

イヴァン二世はそう信じていた。

そのころ王城の外では聖職者たちが光の神に祈りを捧げて、この未曾有《みぞう》の脅威が去ることを願っていた。城壁は鋼鉄のように守られ、怪物たちが諦めて去っていくことを願う祈りが捧げられていた。

一部の聖職者はこれは光の神による裁きなのだと言い、これまで強欲な生き方をしてきた人間への懲罰だと叫ぶ。今からでも遅くないので贅沢品《ぜいたく》は燃やしてしまい、神聖な食べ物であるパンと水だけで質素な生き方をすれば困難は去ると叫びまわった。まるで質《たち》の悪い毒キノコに当たって狂っているかのように彼らは上半身裸になり、己を冷たい外気にさらしながら、清貧を説いて回っていた。

いずれにせよ、そのような祈りや信仰の解釈は無意味だ。

シグリアの城壁外には攻撃準備を整えた数十万のリッパースワームがおり、城壁を破壊するための腐肉砲の準備も完了している。

アラクネアの女王が一言命じるだけで、シグリアは地上から消滅する。

それでも人々は祈る。

自分の無事を。家族の無事を。友人の無事を。国家の無事を。人間種の無事を。

神に縋《すが》る人々は大聖堂に押しかけ、大司教にこの困難が去るように祈りの場を設けることを求める。もうすでに一日で九回も祈りの場が設けられているというのに、人々はそれでも祈るという。

祈りは高らかに唱えられ、空に昇っていく。外に響いていく。

「祈っているな」

アラクネアの女王はシグリアの街がいちばんよく見える場所に腰かけていた。

「無意味なことです。神に祈ろうとも何も変わりません」

「まあ、そうだ。祈ってどうにかなるなら、軍隊も何も必要ない。祈ったってなにも変わりはしない。ただ自己満足に浸るだけさ。南無阿弥陀仏《なむあみだぶつ》と唱えたって何も救われはしないのと同じこと」

セリニアンが告げるのにアラクネアの女王が立ち上がる。

「セリニアン。攻撃だ。シグリアを落とす」

「畏まりました、陛下」

○五○○時。アラクネア、シグリアへの総攻撃開始。

＊

攻撃の先陣を切ったのはアラクネアの腐肉砲だった。

腐肉砲が腐敗した肉の砲弾を放ち、それが城壁へと次々に命中していく。

「げほっ、げほっ……。何だ、これは……。毒か……!?」

腐肉砲の副次効果である周囲のユニットへの毒効果と建物への継続ダメージが城壁を揺るがし、城壁が崩壊を始める。腐肉砲は何度も何度も砲撃を続け、城壁を守備する兵士たちは毒を前に倒れ、城壁はパラパラと崩れる。

「城壁の守備に付け！　城壁を守れ！　敵が来るぞ！」

「なぜバリスタに誰も付いていない！　蟲どもにはあれしか通用しないんだぞ！」

毒でやられた兵士たちが溢《あふ》れかえる中、混乱した命令が飛び交う。

兵士たちは城壁の配置に付こうとするが、腐肉砲の毒がそれを阻止する。兵士たちは激しく咳《せ》き込《こ》み、口と鼻と目から血を流し、城壁の上で息絶えていく。

「腐肉砲は使い勝手がいいな。城壁を崩すのには時間がかかるけどその分敵のユニット数を減らすことができる。敵のユニットが減っていれば、城壁を破って内部での戦闘になっても有利になるから」

アラクネアの女王は城壁の上の混乱を眺めながらそう呟く。

万事順調だ。腐肉砲は確実に敵の戦力を削っているし、城壁も破壊しつつある。おまけで付け加えていた投骨機も城壁を削って破壊しつつあった。

「城壁は一分以内には崩壊する。第一陣出撃準備。第二陣、第三陣も続けて出撃準備。攻撃重点は東の城壁に置く。東からの突破を最優先にしながら、南、北からの突破を陽動として実行する。セリニアンは私といっしょに東から」

「じょ、女王陛下！　危険です！　攻城戦は激戦になります！」

アラクネアの女王は長年の経験からゲージを見なくとも、建物が崩壊するタイミングがわかる。もっともこれはこの世界の建物がゲームのそれと同じであると想定してのことだが。まあ、崩れ具合を見ればいつ崩れるかの想像は付くだろう。

そして、セリニアンが案の定、アラクネアの女王が戦場に向かうのを制止する。

「私は行くよ、セリニアン。これは私の戦争だ。何の役に立たなくても見届けるさ」

そう、マルーク王国の終焉を。

「……畏まりました。このセリニアン、全力で女王陛下をお守りします」

セリニアンがそう告げて拳を胸に当てる。

「ありがとう、セリニアン。君はとても頼りになる騎士だよ。それじゃあ、行こうか」

それからちょうど一分後に東、北、南の城壁がそれぞれすべて崩壊した。そこにリッパースワームの大軍が押し寄せる。ディッカースワームも地中から姿を出し、地上にいる人間たちを飲み込み、混乱に拍車をかける。城壁の中は完全な大混乱だ。

「た、助けて、助けて！」

城壁付近にいた哀れな兵士たちがスワームに飲み込まれていく。スワームたちは目に入るものすべてを八つ裂きにし、後に残るものは死体だけにする。徹底した蹂躙だ。

スワームは大通りを中心に展開し、そこから路地や建物の中に入り込んでいく。路地に逃げ込んで息を潜めていた兵士をむさぼり、家の中に避難していた民間人たちを引きちぎっていく。地下室であろうともスワームたちの鋭敏な感覚器官は捉え切り、捕捉した人間に牙を鎌を向けて八つ裂きにしていく。

慈悲もなく、容赦もなく、憐憫《れんびん》もなく。

逃げ場などどこにもない。

「ママ……。怪物たちが街に入ってきたの……？」

「ここに隠れていれば安心だから。だから、静かにして。静かにしててね」

地下室に隠れた親子――リュドミラと息子たちがそう告げ合うのに、地下室の上の扉をスワームが這《は》いずり回《まわ》る音がする。リッパースワームの立てる不気味な足音が、地下室に響き、中にいる子供たちが震え上がる。

子供はまだ五歳と七歳にすぎない。父親は東方鎮守軍に出兵して帰ってきていない。母親であるリュドミラに庇《かば》われて、息子たちは必死に息を殺している。スワームの足音は響き続け、足音が聞こえるたびに心臓がはじけ飛びそうになる。

「お願いだからどこかに行って……」

リュドミラは光の神に、祖父母の霊に、あらゆるものに祈った。

だが、現実は非情だ。

リッパースワームが長い鎌を突き立てて地下室の扉をこじ開け、そこに隠れていたリュドミラたち親子を見つけ出した。

「きゃああっ！」

「ママ、ママ！」

リュドミラたち親子はリッパースワームによって八つ裂きにされ、その肉塊が地下室に転がる。手足がなくなり、頭蓋骨が貫かれた死体が、ゴロリと地下室に転がる。彼女も彼女の夫と同様にリッパースワームの餌食《えじき》になった。

家の中は地下室までスワームが人間の臭いを嗅ぎつけて襲い掛かる。屋根裏でも同じこと。スワームたちから逃れる術《すべ》などない。どこにいようともスワームたちは死を運んでくる。どこまでも平等な死を。

「ひどいものだ」

アラクネアの女王はその光景を眺めてそう呟いた。

「人間に慈悲など必要ありません、女王陛下。特に敵であるものたちには」

「まったく。慈悲なんて持っていても何の役にも立ちやしない。私たちが信じるのは確かな暴力だけってわけだ。とても嬉《うれ》しい話じゃあないか」

セリニアンが告げるのにアラクネアの女王が親子が殺された家を出る。

「さあ、続けよう。大量虐殺を。そうするよりほかに術はなかったんだから」

アラクネアの女王──私はそう告げて東の大通りを進む。

王城を落としたら王冠でも被《かぶ》ろうか。そんなことを考えながら。

＊

私とセリニアンはリッパースワームの津波と共に前進する。

これだけ密集しているのにリッパースワームは私にはぶつからない。彼らは慎重に私を避けて進んでいた。彼らにぶつかられれば私など吹き飛ばされてしまうだろうから、彼らの繊細な配慮に感謝した。

「北と南に敵の防衛戦力がわかれている。このまま中心部まで押し切り、北と南の戦力の背後を突く。そうすれば敵は総崩れも同然だ。残るは王城に押し入って、マルーク王国の国王とかそういう偉い人間を皆殺しにする」

そして、マルーク王国という国家を地上から消滅させる。

「光の神の名において止まれ！」

ああ。そんなことを考えていたら敵の防衛戦力と出くわした。ほとんど最初の攻撃でかたづけたと思ったんだけど、城壁から離れて配置されていた戦力もいたようだ。

「止まらないよ。私たちは進む。君たちは死ぬだけだ」

「貴様、人間ではないのか？」

スワームたちを引き連れて前進する私を見て、防衛戦力側の指揮官が怪訝《けげん》そうな表情を浮かべる。どうして人間の少女が人間たちの敵であるスワームたちと共に行動しているのか理解できないという表情だ。

「人間、ではないよ。化け物の心を持った化け物だ。人間であることをやめた人間の敵だ。君たちが倒すべきはこの私だ。そうしないとこの侵略は止まらない。いや、仮に私を殺したとしてもこの侵略と征服は続く。そう、どこまでも続く。君たちがたとえ船で逃げても、我々は追いかけて始末する」

私は高らかに宣言する。

そう、もう私は人間じゃない。アラクネアの女王だ。人間の敵だ。

私の意識はスワームたちの集合意識に引きずり込まれ、人間としての私の意識は今や消えかかっている。逆にスワームたちも私の意識に引《ひ》き摺《ず》られて、侵略と増殖をよしとする純粋なスワームではなくなっている。

純粋なスワームだったら私が慈悲をかけたエルフたちすら手にかけただろう。

「そうか。貴様が首魁《しゅかい》なのか」

防衛戦力の指揮官はうなずいてみせた。

「ならば、貴様を打ち倒すのみ！　天におられる光の神に仕えしもの。今ここに降臨されることを願います、ハリストエル様！」

防衛戦力の指揮官がそう唱えると、天から光が降り注ぎ、その光に照らし出されて巨大な猟犬が姿を現した。リッパースワームの三、四倍はありそうな大きさだ。私など一飲みにされてしまうだろう。

『人間たちよ。困難に遭遇したか……？』

「はい、ハリストエル様。邪悪なるものたちが我々の国を滅ぼさんとやってきました。どうかお力をお貸しください！」

その巨大で獰猛《どうもう》そうな猟犬が重々しい声で告げるのに、防衛戦力――聖エルジェーベト騎士団の団長がそのように告げた。

「何か困ると天使頼りか。芸がないな、君たちも」

私は三度目の天使との遭遇に肩を竦《すく》める。

「ほざけ。貴様らのような光の神を崇めぬ蛮族どもは、天使様に屠《ほふ》られるがいい。去れ、邪悪なるものたち！」

「やれやれ。次は神を崇めない奴は蛮族か。いちいちそんな理由を付けずとも我々はまごうことなき蛮族だよ。正真正銘の蛮族だ。敵を殺し、敵から奪い、それで成り立っている蛮族だ。神など崇めていようがいまいが関係ない。我々は本能として略奪と殺戮《さつりく》と増殖を続ける蛮族にほかならないのだから」

光の神というのがどんなものかは知らないが、私が崇めることは一生なさそうだ。

『邪悪なるもの。覚悟するがいい。その神を愚弄《ぐろう》せし態度は罪である』

「いくらでも愚弄しよう。そうはいっても光の神とやらについては私は何も知らないから言えることは限られるがね。せいぜい、弱者をいたぶってそれを正義とする連中が崇める神だということぐらいいか。くだらない」

ハリストエルと名乗った天使が告げるのに、私はそう告げて返す。

『ならば、覚悟するがいい。その罪は死をもって償わせる』

「セリニアン、やって」

ハリストエルが身を低く構えるのに、私はセリニアンに命じる。

「お任せを、女王陛下」

そして、セリニアンが前に出た。黒い破聖剣を構えて、ハリストエルに向ける。

『覚悟っ！』

「はあっ！」

襲い掛かってくるハリストエルに、セリニアンが尾から糸を吐き出して一気に建物の屋上に跳躍する。ハリストエルはそれを追って建物に駆け寄り、壁に爪を突き立てて一気に屋上に上った。

『逃げるか、邪悪なるもの』

「ほざけ。女王陛下を戦いに巻き込まぬようにするためだ」

ハリストエルが重々しい言葉で告げるのに、セリニアンは不敵にそう返す。

「貴様こそその牙は飾りか？　その爪は飾りか？　飾りでなければ証明してみるがいい。私は私の存在価値を貴様の死をもって証明するっ！」

セリニアンはそう叫んでハリストエルに破聖剣を向けた。

『愚かな！　蟲が天使に勝てるとでもいうか！』

「ああ。すでに二体始末した！」

ハリストエルが駆け、セリニアンが駆ける。

ハリストエルの牙とセリニアンの破聖剣が交錯する。

「くっ……！」

ハリストエルの牙はセリニアンの右頬に傷をつけた。

「この程度！」

そして、セリニアンの破聖剣がハリストエルのわき腹に突き刺さる。

『おのれっ！　これは破聖剣か！』

ハリストエルは初めてそこでセリニアンが持っているのが、聖なるものを打ち破る堕落した聖騎士の剣――破聖剣だと気づいたようだ。ずいぶんとまあ遅い。

「覚悟しろっ！　犬！　その首を刎《は》ね飛ばしてくれる！」

『舐《な》めるな、蟲！』

セリニアンとハリストエルの戦いはヒートアップした。

「くうっ……！　攻撃が重い……！」

『この程度か、蟲！』

恐ろしい速度で爪と牙が突き出され、セリニアンがそれに必死に応じる。ハリストエルの巨体から繰り出される攻撃は重く、素早く、セリニアンはいささか押されているように感じられる。

「セリニアン。目を狙え。感覚器をまず潰せ。それから始末すればいい」

「畏まりました、女王陛下！」

私は苦戦しているセリニアンに指示を出す。

セリニアンはハリストエルの攻撃を回避しつつ、私の指示に従ってハリストエルの顔面を狙う。

顔面にある感覚器を。眼球と鼻だ。

狙い、狙い、狙う。

執拗《しつよう》に、猟犬以上に猟犬のように。ひたすらにセリニアンはハリストエルの眼球を潰そうと破聖剣を繰り出す。

「セリニアン。君だけが頼りだ。任せたよ」

「はい、女王陛下！　お任せください！」

私は集合意識にありったけのセリニアンへの信頼の感情を向ける。

それからだ。一転して戦いがセリニアンの優位に向けて傾き始めたのは。まるで魔法のようにセリニアンが立ち直った。

「はあっ！」

『ぐうっ！　おのれっ！』

ハリストエルはわからなかっただろう。

なぜ今にも食い殺せそうだったセリニアンが一転して優位になっているのか。なぜセリニアンに闘志がみなぎり、ハリストエルをここまで押しているのか。なぜセリニアンがそこまで戦うことができるのか。

簡単だ。彼女は騎士だからだ。騎士だから私の盾となり剣となってくれる。私が信頼すれば、必ずそれに応えてくれる。

そのことがハリストエルにはわからなかっただろう。

そして、ハリストエルの繰り出す攻撃はすべてセリニアンに弾《はじ》かれ、逆にセリニアンが攻勢に転じた。ハリストエルの振り回す牙と爪の間から、セリニアンはハリストエルを狙って攻撃を叩《たた》き込《こ》む。そして、ついに――。

『があっ！』

セリニアンの破聖剣がハリストエルの右目を貫いた。巨大な猟犬の体はよろめき、苦痛から別の建物の屋上まで引き下がる。

『おのれ、おのれ、おのれ、おのれっ！　よくもっ！』

ハリストエルは血も流さずに叫び、より獰猛な表情でセリニアンを睨みつける。

「セリニアン。手負いの獣は用心して仕留めろ。奴らは生死の境で生を見いだす」

「はい、陛下！」

ここまでくればセリニアンに勝算がある。だが、油断はできない。

手負いの獣には注意しろ。昔からの格言だ。獣は生存本能が強い。天使がそうなのかは知らないが、その生存本能のためにアドレナリンが全身を駆け巡り、鼓動が激しく脈打ち、生へ、生へ、敵を食らって生へと突き進むのだ。

この天使を名乗る獣についても同じことだろう。

『邪悪なるものに慈悲は必要ない！　この場で八つ裂きにしてくれる！』

やはりハリストエルの動きは先ほどより速いものになっていた。

セリニアンはやれるだろうか？

「八つ裂きになるのは貴様だ、犬！」

セリニアンはやった。殺《や》った。

『アガッ……』

ハリストエルの潰れた右目の方向——死角から回り込み、ハリストエルの太い首に破聖剣を突き立て、一気に引き裂いた。ハリストエルの首は皮一枚で繋《つな》がっているだけとなり、建物の屋上から転がり落ち、地面に横たわる。

そして、例のごとく光の粒子となって消えていった。

「ま、まさか、ハリストエル様が！」

「天使様が！　天使様が！　そんな！」

よほどハリストエルは期待されていたのだろう。何せ王都を守る騎士団の天使だったのだ。それが撃破されたとなれば、彼らにはもはや打つ手なしと言ってもいい。文字どおりのお手上げ、だ。

「屠れ、屠れ、屠れ。皆殺しにしてしまえ。みんな仲良く肉団子だ」

「女王陛下万歳」

私が歌うように告げるのに、スワームたちがいっせいに動く。

「た、助けて！　助けてくれ！」

「応戦しろ！　ここを抜かれれば市民たちが殺されるぞ！」

あるものは恐怖から逃げ出し、あるものは恐怖に立ち向かう。

聖エルジェーベト騎士団は戦った。

リッパースワームに手足を切り落とされながら、頭を砕かれながら、はらわたを引き裂かれながら、彼らは懸命に戦った。無駄だと知りながらも長剣を振るって戦った。そして、そのすべてが無駄になった。

「おしまいだ」

私の前方に広がるのは聖エルジェーベト騎士団だったものたちの物言わぬ死体だけ。彼らは二体、三体のリッパースワームは排除できたが、それだけだ。

「女王陛下、前進を？」

「そうだ。前進しろ。このシグリアを軀《からだ》で包め。我々の栄光はそこにある」

リッパースワームの一体が尋ねるのに、私は集合意識を通じてもそう告げる。

「進め、進め。女王陛下のために」

「進め、進め。女王陛下のために」

リッパースワームたちはすべてを蹂躙していく。

私の思ったとおりに。

＊

蹂躙、蹂躙、蹂躙。

私は、私のスワームたちはすべてを蹂躙した。

街の中心に入り込み、そこにあった大聖堂に避難していた住民たちを鏖殺《おうさつ》した。ひとり残らず肉団子の材料に変えた。そこには妊婦や一歳にもならない乳児もいたが、私のスワームたちは残すものなく皆殺しにした。

これでいい。これでいいのだ。

敵は殲滅する。殲滅すれば勝者。ゲームの法則にのっとって私は動いているが、それが何だというのだ。ゲームがちょっとばかりリアルになっただけじゃないか。それに結局のところ、殲滅しないと勝利は得られないのだ。ここで赤子を見逃して、数年後に復讐《ふくしゅう》されないと誰が言い切れる？

誰にもわかりはしないだろう。

「スワーム、前進。踏みにじれ、何もかも」

それに続いて、スワームたちは北と南で防衛に当たっていたマルーク王国軍の戦力を背後から刺して全滅させた。彼らを屠るのはたやすかった。前後から攻撃にさらされたマルーク王国軍は殲滅された。

脅威になるのはバリスタか重装歩兵だけ。バリスタは腐肉砲ですでに機能しておらず、重装歩兵だけが脅威だった。

重装歩兵は本当に脅威だが、数が少ない。

重装歩兵ひとりを屠るのにこれまでは二、三体のリッパースワームが犠牲になっていた。だが今はリッパースワームたちも戦い方を学習し、より少ない損害で、重装歩兵たちを屠れるようになっていた。

集合意識万歳。一体のスワームが学習したことは集合意識に繋がれているすべてのスワームに共有される。その肉体が成しえる限り、重装歩兵の適当な処理方法を学べば、スワームたちにもはや敵はない。

そして、南北の戦力は殲滅された。慈悲もなく、憐《あわ》れみもなく、同情もなくひとり残らず殲滅された。これで私たちはシグリアの街を征服した。

残るは王城のみ。

王城を落とせば、このマルーク王国における敵戦力は殲滅される。

「王城。落とすのは簡単ではなさそうだな」

王城はシグリアの街の中でも、切り立った崖の上にあった。それは王都を制圧されても、王城は生き延びるという仕組みか。権力者のための城。世界というのはそういうものだな。

「どのように攻略しましょうか。敵はあの城に立てこもっているようですが」

「普通に落とすよりほかに方法はないだろう。幸いにして城壁はない」

セリニアンが尋ねるのに、私がそう告げて返す。

「リッパースワーム、前へ。前進用意。位置につけ」

私が集合意識に向けてそう働きかけると、無数のリッパースワームの軍勢が王城に続く橋の前に立った。

「リッパースワーム、前進。突撃せよ。突撃せよ。突撃せよ。すべてを踏みにじれ」

私はそう命令を下し、リッパースワームの軍勢が王城に向けて突撃する。

私たちは王様の首を刎ね、王女の首を刎ね、貴族たちの首を刎ね、肉団子にする。

だが、意外にもそれを遮るものが現れた。

＊

「陛下。もはや城壁は機能しておりません」

「東城門、北城門、南城門。すべて陥落しました。王都の内部は今や敵の怪物に支配されております」

国王イヴァン二世にそう報告するのは、マルーク王国軍の将軍たちだ。

彼らはすべての城門から連絡が途絶えたこと、そして、城壁内部が怪物たちの巣窟《そうくつ》と化していることを報告していた。もはや、このシグリアを守る盾は存在しないのだと国王イヴァン二世に報告していた。

「国王陛下。いずれこの王城にも敵の手が伸びます。城門を閉ざしていても、奴らはこじ開けて突破してくるでしょう」

「もはや時間がありません。ご決断を、国王陛下。宝玉を使われるのですか。それともこのまま皆殺しに遭うのですか？」

宰相のスラヴァと軍務大臣のオマリがそのように告げてくる。

「決断はすでにできている」

ふたりの言葉にイヴァン二世が静かに告げた。

彼は席を立つと、居並ぶ将軍たちとスラヴァ、オマリを見渡し、この場にエリザベータたち自分の子供がいないことを確認する。

第一王子は黄土山脈の戦いで死んだ。第二王子はアーリル川の戦いで死んだ。第一王女はシュトラウト公国に嫁いでいる。残るはエリザベータだけ。彼女は重要な軍議の場にはいない。

「宝玉を使用する。宝玉を使用して奴らを退《しりぞ》ける」

「本気ですか、陛下。宝玉を一度使えばもう二度と元には……」

イヴァン二世が決意を込めて告げるのに、将軍のひとりがためらいを見せた。

「この状況ではやむをえまい。ほかに方法があるか？　このシグリアを救う術が。この王城を救う術が。もはや兵力は喪失し、騎士団は壊滅した。勝利するためには宝玉を使う以外に方法はないだろう」

本当にもう術はない。王城内にいる戦力は残り千名程度で、ほかは壊滅した。シグリアに駐留していた数万の戦力も、天使を召喚できる騎士団も、連絡は取れない。壊滅したものと見て間違いない状況だ。

ならば、どうやってこの完全な死の街と化し、異形の怪物の巣窟となったシグリアを救うというのだ？

「宝玉はすでに準備している。私が出たら城門を再び閉じよ。宝玉を使った者の理性はなくなるというふうに聞いているからな」

「畏まりました、陛下」

イヴァン二世はそう告げて拳大の大きさをした琥珀《こはく》色の宝石を取り出した。

「そのご決断に敬意を示します」

イヴァン二世がその宝石を取り出すのに、オマリが敬礼を送った。

「私が亡き後はエリザベータを女王とせよ。わかったな」

「了解しました。エリザベータ殿下をマルーク王国の女王として迎えます」

遺言のようにそう言い残すイヴァン二世を将軍たちは沈痛な表情で見ている。

「さあ。怪物どもに一泡吹かせてやろう。マルーク王国がそう簡単には滅ばぬことを連中に教育してやる。待っていろ、怪物どもめ」

イヴァン二世はそう呟きながら、王城の正面玄関に向かった。

＊

私は城門が開くのを見た。

「降伏するつもりか？」

無防備に開け放たれる城門を見て私はそう感じた。

「降伏など受理なさいませんよね、陛下？」

「当たり前だ。もうここまで来て降伏なんて受け付けるつもりはない。そんなことは私が知っているルールにはないんだ」

私が知っているゲームのルールには降伏して和平を結ぶなんて選択肢はない。全滅するまで戦うか、途中でゲームをリタイアして全滅するかだ。

そして、私はこのリタイア不可能な現実世界において降伏を受け入れるつもりなど欠片《かけら》もなかった。このまま生かしておけば絶対に後になって痛い目を見る。そう考えていたがために、ここまで皆殺しで突き進んできたのだ。

知り合った服屋の店員も肉屋の店員も殺した。女子供も老人も殺した。

今の私に禁忌《きんき》はない。あるのは勝利への渇望だけだ。敵を殲滅し、勝利することへの意欲だけだ。それがスワームの集合意識によるものなのか、私自身の意志なのかは理解のしようがない。ただ確実な勝利を目指して突き進むだけである。

「セリニアン。警戒して。敵は何か切り札を持っているのかもしれない」

「畏まりました、女王陛下」

これが降伏の意思表明などではなかったら、敵は城の中から何かを出してくることになる。それが何なのかは不明だ。だが、敵は城門を開いてまでそれを出そうとしているのだから、それなり以上の脅威と見るべきだろう。

「女王陛下。警戒なさってください。何か、危険なものがきます！」

セリニアンが私にそう叫び、私の前方にリッパースワームたちが展開する。こうなると本当に私は女王として守られていると感じることができた。

「姿を見せろ！」

セリニアンは果敢にもそう告げ、黒い剣を構えて城門に進む。

「貴様らが侵略者か。我らが国土を侵略したものたちか」

セリニアンの前方に現れたのは初老の男性だった。纏《まと》っている衣類からして、高貴な身分にあることは間違いない。貴族か。それとも王族か。いずれにせよ、生かしておいていい相手ではない。

「そのとおりだ。私たちがこの国を侵略した。君たちの国がエルフの村を襲い、私の友人だった人物を殺したために、そして我々の本能のために、すべてを我らがスワームで覆い尽くせという本能のために、貴国を侵略した」

私は現れた高貴な身分の男性にそう告げる。

「そのような理由で、そのような理由で我が国の民を何百万と殺しに殺し、神聖な国土を侵し、今や王城すらも破壊しようとしているのか……？」

「そのとおりだ。それこそが理由。我らが復讐と我らが本能のために我らは行動した。ほかに理由などない。これ以外に理由など必要ない」

ほかに理由など必要ない。

私たちはアラクネア。邪悪なる蟲たちの陣営。殺し、増え、征服することこそが我らが本能。集合意識にインプリントされたそれが私たちを動かす。そして、私自身のアラクネアへの勝利への約束もまた同様に私たちを突き動かす。

「光の神に背く邪悪なるものどもめ。貴様らはこの世に生まれてくるべきではなかった存在だ。この世界に存在するべきではなかった存在だ。貴様らのせいで大勢の者が不幸になった。貴様らは不幸を運ぶものどもだ」

「どうとでもいうがいいさ。私たちはこれからも本能のままに動き続ける。攻撃を受ければ徹底的に報復する。その本能を思う存分に振るう。それこそがアラクネア。侵略と増殖を本能とするアラクネア。そして、私の率いるアラクネアだ」

やられたらやり返すのは当たり前だ。腹が立てば怒り散らすのは当然だ。

私はその当然と当たり前に、アラクネアの本能を上乗せしているにすぎない。アラクネアが真にアラクネアらしくあるならば、私のように理由を付けて征服するのではなく、理由もなく世界を破壊するだろう。

「ほざくがいい。貴様らはここで終わりだ。今ここで滅びよ。我らが進化の宝玉の力によって！」

高貴な身分の男が叫んだと同時に、彼が手に持っていた琥珀色の宝石が輝いた。

次の瞬間、男の体と筋肉は何倍、何十倍にも膨れ上がり、強靭《きょうじん》な筋肉と硬く黒い体毛に覆われた怪物と化した。私は突然のことに本当にあっけにとられたが、すぐにやるべきことを始めた。

すなわち、この障害を排除して勝利することを。

「セリニアン！　あれを押さえろ！　リッパースワームは援護だ！　かかれ！」

「了解です、女王陛下！」

セリニアンが前方に立って暴れ始めた大男を押さえ、両サイドからリッパースワームが突撃する。三方向からの同時攻撃ならば、敵がいかに意味不明な化け物だったとしても、対応できないはずだ。

だが――。

「オオオッ！」

大男は雄叫《おたけ》びを上げて両サイドから突入したリッパースワームを薙《な》ぎ払《はら》う。鎌が腕に突き刺さっても、牙が肉を裂いても、まるで気にせずに攻撃を繰り広げる。

クレイモア、ハルバード、バリスタでなければ倒れなかったリッパースワームがバラバラになって倒れる。手足が引きちぎられ、牙が折れ、上半身と下半身が分断され、何十体ものリッパースワームが屠られる。

「これは……どう手を出したら……」

セリニアンも目の前の狂戦士のごとく戦う大男をどうしていいのかわからず、迷いながらかろうじて繰り広げられる拳による攻撃を受け流していた。天使たちの攻撃も苛烈だったが、この大男の攻撃はさらに苛烈だ。

「セリニアン。リッパースワームと連携しろ。あの大男の注意がリッパースワームに向かった瞬間に、攻撃を叩き込め。相手は巨大化はしたが、腕の数は増えていない。両サイドからリッパースワームが襲い掛かれば隙が生じる」

どうにも苦しい指示だ。相手は確かに両サイドから攻撃を受ければそちらに注意が向くだろうが、かといってセリニアンが攻撃する隙が生じるかは疑問だった。

「やります！」

両サイドからリッパースワームが襲い掛かり、鎌と牙を突き立てられたとき、セリニアンが動いた。正面から突撃し、破聖剣を振りかざした。

だが、セリニアンの攻撃はとどかなかった。

「ぐうっ……！」

セリニアンは大男から蹴りを叩き込まれて、後方に吹き飛ばされる。だが、セリニアンはかろうじて姿勢を立て直し、破聖剣を握って再び大男に立ち向かっていく。見ていて痛々しい。

「セリニアン、無事か⁉」

「無事です！　まだやれます！」

私が慌てて叫ぶのに、セリニアンが再び大男に向けて駆ける。

だが、また足で蹴り飛ばされるだけだ。

私はセリニアンとリッパースワームたちに糸を使わせて男の動きを封じ込めようとするが、それすらもたやすく引きちぎられてしまう。打つ手なしだ。

何か方法は、何か方法はないか？　セリニアンに攻撃のチャンスを与える方法はないか。リッパースワーム以外に使えるものはないか。どうすればあの大男を倒すことができるだろうか。

何か手は。何か手はないのか。何かセリニアンを助けるための手段は。

「そうだ。まだ手はある」

私は思いついた。

「セリニアン！　五秒後に攻撃を仕掛けろ！　リッパースワームも同時にだ！」

「了解！」

私は手を打った。この状況を打破する手を。

「ディッカースワーム！」

五秒後ちょうどにディッカースワームが這い出て大男の足元を押さえ込んだ。

そうディッカースワームだ。今回の戦いにも彼らを連れてきていたのだ。

そして、リッパースワームが両側から攻撃を仕掛ける。これによって大男は両側と足元を塞がれ、完全に無防備になった。今こそ攻撃のチャンスだ。

「はあっ！」

セリニアンがその一瞬の隙を突いて、大男の頭を叩き切った。首は引き裂かれ、鮮血が噴水のように飛び散り、大男の体は痙攣《けいれん》すると地面に倒れそうになる。

だが、それでも倒れなかった。

大男はリッパースワームの攻撃を振り払うと、その巨大な両腕でセリニアンに掴《つか》みかかった。セリニアンは大男の両腕に押さえ込まれ、何とか振り払おうとするが、そう簡単には大男の腕は振り払えない。

「リッパースワーム！　腕に毒針を刺せ！」

私はセリニアンを救出するためにリッパースワームに命じる。リッパースワームたちが麻痺《まひ》性の毒を大男に注入し、セリニアンを押さえつける大男の両腕が麻痺するとセリニアンは何とか解放された。

「けほっ……」

セリニアンは咳き込むと、なんとか立ち上がる。

痛々しいがまだ戦いは終わっていない。

「セリニアン、トドメを刺せ！」

「はい、陛下！」

それでもセリニアンの動きは素早かった。

セリニアンは立ち上がると、頭のない大男の心臓に破聖剣を突き立てた。

大男は次こそは膝を突き、地面に崩れ落ちた。そして、元の普通のサイズの人間になっていく。

これでようやく勝利というわけだ。

「セリニアン、大丈夫か？」

「はっ。大丈夫です、陛下。心配をおかけして申し訳ありません」

私がセリニアンの傍《そば》に駆け寄ると、セリニアンは泣き出しそうな表情でそう告げた。

「泣かない、泣かない。セリニアンは勝利したんだ。セリニアンは立派な騎士だよ。今回も私のために勝利してくれたんだから、な」

「すみません……。女王陛下のお手を煩《わずら》わせたと思うと本当に申し訳なくて……」

これにて、王城前での戦いは終わった。

残りは王城の中に立てこもっている連中を始末するだけだ。

これだけ苦労をかけさせてくれたんだから、それ相応の報いは受けてもらおう。

＊

私たちは男の亡骸《なきがら》をワーカースワームに運ばせると共に、亡骸の傍に落ちていた琥珀色の宝石を拾い上げた。

「これは何だろう？」

「わかりません。ですが、なにやら危険なものを感じます」

私が琥珀色の宝石を眺めるのに、セリニアンが警戒の色を浮かべる。

——どこかで見覚えのある品だ。どこでこれを見たのかは正確には思い出せないが、どこかで私はこれを見ている。もやもやとするものだけが心に残る。

「まあ、いい。この城の人間に話を聞けばいいだけの話だ」

私はそう告げ宝石を拾うと、城門をリッパースワームたちに開かせた。

「て、敵だ！　敵が入ってきた！」

「そんな！　陛下が出られたというのに!?」

城の中にいた兵士たちは完全に戦意を喪失していた。腰抜けだ。

「セリニアン、リッパースワーム、ディッカースワーム。城内を掃討して。だけれど、ひとつだけ確保してほしいものがある。高貴な身分の人間たちを数名。殺さずに生かして連れてきて」

「了解しました、女王陛下」

私が命じるのに、スワームたちが了解の声を返す。

「でも、ほかは殺して。皆殺しに。生かしておく価値はない」

必要なのはこの琥珀色の宝石がなんであるか知っている人間だ。一般の兵士たちなどに価値はない。肉団子になる程度の価値しかない。

そして、その命令どおりにスワームたちが動く。

怖気《おじけ》づいた兵士たちを八つ裂きにし、使用人を八つ裂きにし、侍従を八つ裂きにし、流血の惨劇を城内で繰り広げる。血の海が広がり、バラバラにされた死体がその海の上に浮かぶ。死臭は濃く、血の臭いが漂う。

「助けて！　助けて！　殺さないで！」

ひとりの侍女が悲鳴を上げて、逃げまどう。だが、すぐにリッパースワームは捕まえて、頭に鎌を突き立て、腹を引き裂き、鎌によって内臓を掻《か》き出《だ》す。

ひとりの兵士が悲鳴を上げて、逃げまどう。だが、瞬《また》く間にリッパースワームに捕まって、首を引き裂かれ、胸を滅多刺しにされて、肉片をまき散らす。

「城内の掃討は順調、かな？」

王城は非常に広かったが、リッパースワームは無数にいる。地下室から、広間、そして国王の執務室までも探り、生き残っているものがいないか、臭いと音を辿《たど》って執念深く、猟犬のようにして探り出す。

大勢の兵士が死んだ。大勢の城に仕えるものたちが殺された。城は死体の山に覆われ、生き残っているのはわずかなものであった。そう、生き残ったのは、私が殺さないよう命じたものたちで、そいつらをスワームたちが連行してきていた。

高貴な身分の人物。壮麗なドレスに身を包んだものたちが、スワームの糸によって縛り上げられ、私の前に引き摺り出された。

「この中でもっとも地位が高いものは？」

二十名前後の男女に私は声をかける。

そう問いかけると全員が視線をひとりの少女に向けようとし、目をそらした。

間抜けだ。丸わかりじゃないか。

「そこの子。これが何かわかる？」

私はその少女の前に琥珀色の宝石を置いてみせた。そのことに少女はコクコクと怯《おび》えたように小さくうなずく。

「何か教えて」

「進化の宝玉です……。光の神より人に絶大な力を与えると言われている王家の至宝でした。これによって力を得たものは死ぬまで、その力を失うことはないと聞いています。まさか、お父様はこれを使って……！」

私が問いかけるのに、少女が愕然《がくぜん》とした。

ああ。あれが王様かなにかだったのか。

しかし、あれで力を与えるというのは奇妙な感じだ。あれはどう見ても力を受けているというよりも、狂っているとしか思えなかった。力は得ているだろうが、暴れまわるだけの怪物にしか見えなかった。

だが、これで思い出した。

今は進化の宝玉と呼ばれているが、これは本来あのゲームの陣営――善の属性マリアンヌが製造できる〝神の涙〟と言われるアイテムであった。使用者に神の加護を与え、その身を一時的に強化するというのがその役割だったはずだ。

ゲームではマリアンヌのユニットは狂信者、聖騎士、天使であったがためにあのような暴走を引き起こさなかったのだろうか？　本来使うべきではないただの人間がそれを使ったばかりに、あのような獣のごとき暴走を引き起こしたのだろうか？

そもそもゲームの世界ではないこの世界にどうしてこのアイテムが存在する？　やはりこの世界はあのゲームの世界と同じなのか？

わからないことが多すぎるし、私にはそれに対して回答する術《すべ》もない。ただただ、目の前の事実を前にどうしていいのか考えあぐねているというだけだ。

「お父様は！　お父様はどうしたのですか!?」

「ここにいなければ死んでる。私は君の父親のことなんて知らないんだ」

喚《わめ》く少女を前に、私は面倒くさそうにそう告げた。

「そんな……」

少女が私の言葉に泣き崩れる。

セリニアンが泣くのは可愛いけれど、見知らぬ敵国の人間に泣かれたって可愛くもなんともない。ただ鬱陶《うっとう》しいだけだ。私はこの少女の首を刎ねるようにリッパースワームに命じようかとも思った。

だが、考え直した。

復讐にしてはまだ悪意が足りていない。戦争にしては悲惨さが不足ぎみだ。侵略にしては得るものが少なすぎる。もっとやるべきではないか？

そこで私は考えた。

「パラサイトスワーム」

私は服の中に待機させておいたパラサイトスワームを外へと出す。

少女と高貴な身分の方々はそのグロテスクな姿を見て小さく悲鳴を上げた。

「これから君たちには私の玩具になってもらおう」

「待ってくれ！　なんでもするから、助けて――」

私はセリニアンに命じて男の頭を押さえさせるとパラサイトスワームをその口の中に流し込んだ。

「あ、あ、あ、あ……」

パラサイトスワームはズルズルと男の喉に入っていきそこで定着すると、触手を伸ばして脳を乗っ取る。男が幾分か痙攣し、奇妙な喘《あえ》ぎ声を漏らすとそのままうつろな目となり、パラサイトスワームに乗っ取られたことを知らせた。

「次は君だ」

「やめて！　助けて、お父様！　助けて！」

よく喚く子だ。私はまたセリニアンにお願いして少女の頭を押さえさせ、強引に口を開かせるとパラサイトスワームを飲み込ませた。パラサイトスワームは細い喉の中を押し分けるように侵入していき、そこで定着する。

「あ、あ、お、父、様、あ……」

この子も目がうつろになり、パラサイトスワームに乗っ取られたことが知らされた。よく喚く子だったが、今はお行儀よく静かにしている。

「ほかのものにもパラサイトスワームを植え付けておいて」

「畏まりました、女王陛下」

私は残りの仕事をセリニアンに任せると、ひとり誰もいなくなった王城を歩いた。

まだそこら中に血の海が残っている。死体は残っていない。スワームたちは日本人よりも、ドイツ人よりも勤勉だ。私が命じたことは速やかに、確実にこなしていく。だからこそ、彼らのことが愛おしくなる。

「ここが玉座の間……」

私はこの城の中で流血の少なかった場所を見つけた。

玉座の間だ。そこには立派な金の玉座があり、赤絨毯《じゅうたん》が敷かれていた。この部屋の主は城門の外で死んだから、ここでの戦闘は最小限だったらしく、流血は少ない。それにここに敷かれた赤絨毯には血は目立たない。そして、私はゆっくりと玉座に向けて進むと、壮麗に宝石や金で飾られた玉座に腰かけた。

「アラクネアの女王……」

アラクネア。

すべてをスワームで飲み込むことを望む邪悪な陣営。

スワームが望むのは勝利と繁栄。人間と変わらない。人間だって勝利と繁栄を望むではないか。そのためにさまざまなお題目を掲げて戦い、血を流すではないか。スワームのはいささかそれより血なまぐさいだけの話だ。ほかのものと別段変わりない。

そうか？　いや、違うだろう。

スワームは地上のすべてをスワームで覆い尽くすことを望んでいる。彼らの辞書に妥協という言葉はない。徹底的に、どこまでも、世界の果てまで、スワームの群れで覆い尽くされることを望んでいる。

人間は交渉で妥協し、破滅を避ける。スワームにはそれがない。たとえ敗北への導きであったとしても、誘蛾灯《ゆうがとう》に引き寄せられる蛾《が》のようにして、ただひたすらに敵の殲滅と、自分たちの群れの増殖に突き進む。それが彼らの本能だから。それが集合意識から伝わってくる彼らの心の底の望みであるから。

本当に怪物だよ、君たちは。だが、それでも構わない。

君たちがそんな勝利を望むのならば私は可能な限り手を尽くして与えよう。君たちが世界をスワームで覆い尽くすことを願うならばそれに従おう。私は約束したのだから。君たちに勝利を与えると。君たちを導くと。

どれだけ犠牲が出てもその約束は守ろう。私は君たちを裏切って、君たちに殺されたくはないからね。私は臆病なんだ。こうしてさまざまな言い訳をしていないとあれだけ簡単に虐殺を命じた自分が怖くなるぐらいに、さ。

「女王陛下」

私が玉座に腰かけてそんなことを考えていたとき、セリニアンが玉座の間に入ってきた。玉座に腰かける私に一礼すると、二十名前後の男女を連れて進んできた。先ほど私がセリニアンにパラサイトスワームを寄生させるように命じたものたちだ。

彼らはうつろな目をしたままセリニアンの背後に続いて、よろよろと進む。まるでゾンビの行進だ。もっと普通に動けるはずなんだけど、定着したばかりだと、まだ機能に問題があるのか。今後、パラサイトスワームを使うときには留意しておかなければならないな。敵に正体を見破られてしまっては、せっかくのパラサイトスワームも意味がない。

「セリニアン。準備はできたか？」

「はい。すべてのものにパラサイトスワームを寄生させました。このものたちは完全にあなたのしもべです、女王陛下」

セリニアンがそう告げて私にひざまずくのに、ほかの寄生されたものたちは両膝を突いて土下座するように頭を下げた。

「ご苦労様、セリニアン」

私がそうしている間にも玉座の間に仕事を終えたスワームたちが集まってくる。もう王城の中に生きた人間というのは存在しないのだろう。いや、このシグリアそのものに生きた人間が存在しないのだろう。

人口数十万の都市が、一気に無人地帯になった。

じつに感慨深い。

「お疲れ様、スワームたち」

「光栄です、女王陛下」

私がスワームたちを労《ねぎら》うのに彼らは服従のポーズを取る。

「さて、諸君。我らが憎き敵は滅びた。マルーク王国はもはや地上には存在しない。我々の完全にして無欠なる勝利である。だが、戦いはここで終わるわけではない。ここで勝利に酔いしれて、眠ってしまっていいわけではない」

私は玉座に腰かけたまま、じつに傲慢にそう告げる。

「我々の次の目的は何だ？」

「更なる世界の支配を。アラクネアによる世界統一を」

私が問いかけるのに、セリニアンが答える。

「そうだ。だが、まだそのときではない。我々にはこのマルーク王国だった場所を統治する必要がある。開拓の時間だ。諸君、動力器官を建てろ。受胎炉を建てろ。肉臓庫を建てろ。大型受胎炉を建てろ。飛翔《ひしょう》肉巣を建てろ」

4Xゲームでは敵から奪った土地を開拓するのもゲーム要素のひとつだ。すでに開発済みのものはそのまま利用し、足りないものは建設し、破壊したものは修復する。そうやって開拓を進めていくのもこのゲームの醍醐味《だいごみ》だ。

人間は皆殺しにしたから〝養殖〟はさせられないだろうが、家畜の類いはリッパースワームラッシュで皆殺しになったわけではないはずだ。それを繁殖させて、新たなユニットを生み出すための環境を構築する。

それから建物をアンロックするために金も必要だ。北部には金鉱山があるとの情報だから、ワーカースワームたちを派遣して採掘作業を行わせよう。

ふう。本当は敵からすべて奪って、奪って、奪い尽くして進んでいくのがいちばん早くていいんだけど。今は下手に敵を増やしたくないし、マルーク王国の征服だけではこの世界すべてを敵に回して戦い抜けると断言できるだけの十分な資源は手に入らなかったわけだから仕方ない。彼我《ひが》の戦力差がわからない状況で無謀な戦争をして敗北するのは愚か者だ。そして、私は愚か者にはなりたくない。

ゆえに今は開発を行う。

「今後は内政に方向を定める。退屈かもしれないが必要なことだ。そして、国境の警備を固めるのも忘れるな。我々の敵はマルーク王国だけではない。ほかにもいるだろう。そのようなものたちが我らが土地を狙っているかもしれない」

少なくともマルーク王国の周囲には北にシュトラウト公国、南にニルナール帝国、東にフランツ教皇国があることが確認されている。

彼らは主に人間で構成された国家だ。隣国が突如としてスワームの国家になったということにけっしていい反応は示さないだろう。最悪の場合、三ヵ国が連合して攻め込んでくる可能性すらあった。

「我らが神聖な国土を守れ。そして、我らが帝国を血ではなく、汗を流すことによって繁栄させよ。それがすべてのスワームの義務である。それが次に世界を制するための足掛かりである。けっして怠ってはならない」

アラクネアには似つかわしくない演説だ。アラクネア流に演説するならば、奪え、殺せ、奪え、そして増え続けろ、だろう。それ以外のことを彼らは必要としていないのだ。

だが、それだけでは勝利できないときもあることを私はいくつものネット対戦を通じて知っている。時には引きこもって内政を行い、強力なユニットをアンロックし、強力な建物をアンロックし、戦力を蓄えることが必要であると。

そうしなければ待っているのは彼我の戦力差の拡大による敗北だけだ。

「理解してくれ。本当に今はこれが必要なんだ」

私は女王としてではなく、プレイヤーとしてそう頼み込んだ。

「すべては女王陛下のお望みのままに。女王陛下はただ命じられればいいのです。我々はそれに従います」

セリニアンがそう告げ、スワームたちが服従の姿勢を取る。

「女王陛下万歳」

「女王陛下万歳」

スワームたちは服従の姿勢のままに私のことを讃《たた》えた。どこまでも高らかに。

「ありがとう、諸君。私は君たちを導く。必ずね」

私はスワームたちのことがより愛おしく感じられていた。

＊

マルーク王国の王城地下の宝物庫にはあるものがあった。

それはかつて友好国であったフランツ教皇国から贈られたもので、今では聖騎士たちが洗礼を受けるために使用されている。

そう、湧き水のように水がコポコポと溢れる白い大理石の台で、聖騎士たちはその水を浴びることで天使を召喚することのできる能力を得るのだ。

もちろん洗礼を受けたすべての聖騎士が同じように天使を召喚できるような能力に目覚めるというわけではない。一部のものはまるで天使が召喚できないか、あるいは洗礼の際に体中の穴から血液をまき散らして、地面でのたうち、死に至ることがあるのだ。

選ばれたごく一部の聖騎士だけが、天使を召喚することのできる能力を手にすることができる。

本当に限られた人間だけが超常の力を手にすることができるのだ。

もしこれをアラクネアの女王が見ていれば彼女はより大きな発見をしただろう。

そう、この洗礼のための台座が、〝神の涙〟と同じくマリアンヌの有するアイテムのひとつであるということに。

このものの正式な名称は〝選別者の聖水〟という。

それを使用した非霊的ユニット——人間のユニットは自らの体力と引き換えに天使を一体召喚可

能になる。相手の陣営で暴れまわるだけの能力しか持たない使い道の限られる狂信者のユニットや、神に聖なる忠誠を誓った精鋭騎兵の聖騎士のユニットなどは、このアイテムの力をもってして天使を召喚できる可能性を生じる。

可能性だ。確実ではない。ある種のギャンブルじみたアイテムであり、失敗すればユニットが失われる可能性もあった。それに体力が低いユニットは召喚に耐えられず、同じように失われる可能性があった。

だが、召喚される天使はランダムとは言えど、どれも強力であり多少のユニットの攻撃には耐え、かつ相手ユニットに打撃を与えることのできるものであった。

「まったくもって無意味でしたね」

そんなアイテムを前にして少女が告げる。

漆黒の髪に赤い瞳という矛盾した容貌をした少女。黒いゴシックロリータファッションに身を包んだ少女だ。彼女はこのアイテム〝選別者の聖水〟を見下ろすと、湧き出る水を指で遊ばせた。

「ちょっとはゲームを盛り上げてくれるかと思ったんですけれど、たいしたことはありませんでしたね。残っている遺産は数少ないというのにそれを使う人間がお馬鹿さんではどうしようもない、と。いやはや、これぞ知的なゲームって奴でしょうか？」

その少女はそう告げると、〝選別者の聖水〟に身をもたれさせる。

「あの子はどこまで遊んでくれるでしょう？　この悪意に満ちた世界の中で、あの子はどこまで昇れるでしょう？　この煉獄《れんごく》の底で繰り広げられる残忍なゲームにどこまで付き合ってくれるでしょうか？」

少女はそう告げて、〝選別者の聖水〟を再び見下ろす。

「まあ、ばれたってどうでもいいんですけどね。ニルナール帝国を見れば、その可能性に気づくでしょうから。けどゲームを盛り上げるためにもここはこのアイテムにはご退場していただくことにしましょう。そうしましょう」

少女は〝選別者の聖水〟を掴むと力をわずかに込めた。

すると、〝選別者の聖水〟はガラリと音を発し、地面に砕け散った。残されたわずかな聖水が地面を濡《ぬ》らし、それでこのアイテムは使用不可能になり、かつこれがなんだったのかもわからなくなってしまった。

「楽しい、楽しいゲーム。ようやく見つけた対戦相手。これから楽しませてもらうことにしましょう。ああいう子と遊ぶのは楽しいですからね。ねえ、――――さん」

少女はクスクスと笑うと、ステップを踏むようにして地下室を巡る。

「ゲーム、ゲーム、ゲーム。仕事ばかりで遊ばないと、気がおかしくなってしまうものです。さあ、いっしょに遊びましょう、アラクネアの女王様？」

少女はそう告げて地下室にあるさまざまな品を破壊していく。

信仰心によって天使を生み出す神秘炉、人を聖なる存在に変える洗礼式典具、強大な天使を地上に呼び出す大型神秘炉。それらが少女の手で次々に破壊されていく。とはいえど、それには使われた形跡がなく、どれも埃《ほこり》を被っており、少女が軽く触っていくだけで音を立てて崩壊していった。

どうしてマルーク王国がこれらの装置を使わなかったのかはわからない。おそらく彼らはこの装置を使う方法を知らなかったのだろう。そうでなければ、この装置を使って天使たちを生み出して、アラクネアの攻撃に対応していたはずだ。それができなかったというのは無知がゆえの過ちか。

少女は鼻歌を歌いながらマリアンヌ由来のアイテムを破壊すると、クルリと背後を振り返った。

「では、これから始まりますは冷酷無残な殺戮劇。皆さまお楽しみください。ここには神はいても救いにはならない世界です。ああ、偽りの預言者たちの囀《さえず》る、偽りの楽園で、偽りの繁栄を享受していた罪人たちと踊ろうではないですか」

少女はそう告げてケラケラと笑うと、影の中に姿を消した。

残されたのは瓦礫《がれき》になったマリアンヌ由来の品だけ。

そこに一体のリッパースワームが降りてきた。地下室の入り口を発見したのだ。

彼は地下室を見て回ると、何かがいた痕跡を発見したが、それが何なのかはわからなかった。

彼は少女によって破壊された品々についてもわからなかった。それを判別するだけの知識がなかったのだ。スワームの集合意識にも。

「女王陛下。地下室を発見しましたが、すでに何者かが荒らした後です。いかがなさいますか?」

集合意識を通じて彼はアラクネアの女王にそう尋ねた。

『ふむ。ただのガラクタにしか見えないね。誰もいないなら戻ってきていいよ。こちらの仕事はおしまい。後は拠点に帰るだけだ。みんなの暮らす拠点に帰って、エルフたちにもこのことを知らせなければいけないよ』

「畏まりました陛下。ではお言葉のままに」

リッパースワームは報告を終えると、いそいそと元来た道を戻り、シグリアから帰還するアラクネアの軍勢の列に加わったのだった。

このマリアンヌの〝遺産〟をアラクネアの女王が見つけていたならば、事態はいささか異なる結果となっただろう。彼女はまだこのゲームのルールについてしらないのだから。

そう、この世界がどうして存在しているのかという問題について彼女は無知なままなのだ。

それがわかったとき、本当の戦争が始まるというのに。

――燻《くすぶ》る炎

フランツ教皇国首都サーニア。

「つまりマルーク王国は陥落した、と……？」

その驚くべき知らせを執務室で聞くのは、フランツ教皇国の主にして聖光教会教皇であるベネディクトゥス三世である。

この老齢の教皇は数年前に保守派の代表として教皇に選出され、たび重なる病の発作に悩まされながらも、保守的な思想の下に光の神への信仰を説いていた。今の聖光教会の教義は清貧を人々に求めるもので、贅沢《ぜいたく》は神の教えに背くものだと説かれていた。

もっとも、その教えを説く聖職者たちは貴族たちから金で買収され、貴族たちのいいように教義を捻《ね》じ曲《ま》げ、離婚や不倫、領民からの過度の搾取《さくしゅ》といった背徳的な行為を肯定しているのだが。この老いて、病んだ教皇にはすべての聖職者に自分の教えを叩《たた》き込《こ》むほどの力はなかった。権力が足りないのではなく、体力が足りなかったのだ。

病と老化に悩まされている教皇では、かつての教皇たちのように強力な手腕を振るうことなどできはしない。そうわかっているからこそ、腐敗した聖職者たちは表向きは聖光教会の教えに従うように見せて、実際は腐り切った教義を説いているのだ。

「はっ。先ほど入った情報によりますと、三週間前にマルーク王国に入ろうとした隊商が国境の検問で未知の生き物に襲撃されて逃げ帰ったとのこと。それから冒険者たちが雇われてマルーク王国の貿易都市リーンの街を調査したところ完全にその生物に支配されていたとのことです」

教皇の右腕である枢機卿《すうききょう》のパリス・パンフィリが報告する。

この男はじつに曲者《くせもの》だ。かつては聖光教会の教義をより柔軟なものにしようとする改革派に属していたが、再びかつての教義を思い出そうと呼びかける保守派の動きが活発化すると、即座に保守派に鞍替《くらが》えし、シュトラウト公国や東部商業連合の銀行家たちの力を借りて枢機卿にまで成り上がった。

それからはあたかも最初から保守派であったかのように振る舞い、手八丁口八丁でのし上がっていき、現教皇ベネディクトゥス三世の右腕の座に収まった。彼も腐敗した聖職者のように貴族から金銭を受け取り、彼らに都合のいい説教を民衆にして回っている。そして、そのことをベネディクトゥス三世は知ることなく、パリスに絶大な信頼を置いていた。

それでも枢機卿になる際にシュトラウト公国の銀行家から借りた金は返せていない。それは教皇になる際に同じようにシュトラウト公国の銀行家から融資を受けたベネディクトゥス三世も同じことなのだが。

「王都シグリアはどうなっているのだ？　陥落しているのか？」

「それはわかりませんが、絶望的かと。すでに大使からの連絡も途絶えていますし、なによりリーンの街のような重要な地点が占領されているのにそれを解放する意図もない点から考えますと、ことは本格的に……」

　ベネディクトゥス三世が続けて尋ねるのに、パリスがそう告げて返す。

「これならばもっと早く救援隊を準備するべきであった。我々は魔獣の氾濫《はんらん》ぐらいでマルーク王国のような強国が陥落するはずがはないと高をくくっていた。それが間違いだったのだ。ああ、光の神よ、我らを守りたまえ」

　フランツ教皇国はマルーク王国から唐突に救援要請を受けて軍を準備していた。傭兵《ようへい》たちを召集し、兵站《へいたん》の準備を整え、出陣前の祈りを捧《ささ》げ、救援隊出発までの準備を着々と進めていた。後数週間で援軍は派遣されるはずだったのだ。

　だが、それらはすべて無駄になった。マルーク王国はフランツ教皇国がのろのろと出陣準備を行っている間に怪物たちの手に掛かり、陥落してしまったのだ。フランツ教皇国にとってはあっという間のことであった。

　だが、そもそものところどこまでフランツ教皇国が救援に必死だったかは謎だ。パリスのように腐敗した聖職者は遠征資金をかすめ取っていたし、ベネディクトゥス三世自身もことがここまで大規模になるとは思ってもみなかったのだから。

　そう、魔獣の氾濫などよくあること。マルーク王国の勇猛果敢にして、光の神によって祝福された聖騎士団の活躍があればあっという間にことは収まることだろう。そう誰もが思っていたのだ。パリスも、ベネディクトゥス三世も。

　だが、現実はそうではなかった。

怪物の大軍はマルーク王国を飲み込み、今や大陸は南部のニルナール帝国における拡張主義政策と共に怪物の脅威に脅かされる状況となっていた。

「これからどう動くべきだろうか……」

ベネディクトゥス三世はマルーク王国の陥落という衝撃に考え込む。

「まずはマルーク王国が実際にどうなったのかを把握するべきかと。敵――マルーク王国を襲った未知の怪物について把握せずして、遠征軍を送り込むのは危険が多すぎます。まずは冒険者たちにマルーク王国を調査させましょう」

「そうだな。マルーク王国の生き残りなどもいるかもしれん。冒険者には謝礼をはずむからマルーク王国を隅々まで調査させ、マルーク王国に何が起きたのか、マルーク王国を襲った敵は何者なのかを調べさせるべきだ」

冒険者たちはこの世界に暮らす半傭兵のような存在だ。傭兵と違って大きなグループは作らず最大でも十六名程度の集団で活動する。サバイバルのスペシャリストであり、彼らは傭兵でも行動できない場所の調査などを行うことができる。

そして、魔獣退治も彼らの仕事だ。魔獣退治は冒険者ギルドが独占する事業であり、傭兵などは魔獣退治には手を出せない。そのため魔獣を相手にした戦闘では冒険者たちは傭兵たちなどよりも経験と知識に長《た》け、優れた手腕を発揮する。

「それから大陸諸国会議を招集しましょう。マルーク王国を襲ったのが何者かは現段階では依然として不明ですが、マルーク王国を滅ぼすほどの戦力であることは確かなのです。我らがフランツ教皇国だけで立ち向かうのはいささか無謀かと」

「そうではあるが、ニルナール帝国が首を縦に振るかがわからんな。あの国は我々の再三の和平交渉の仲介を無視して戦争を進め、南部一帯を征服しおった。そのような国を大陸諸国会議に招いても、場を乱すだけではなかろうか……」

ニルナール帝国も光の神を崇《あが》める大陸の主流派だ。だが、彼らはその中心に立つ教皇を無視している節がある。教皇はニルナール帝国が南部で戦争を起こすたびに和平仲介を申し出て戦争を穏便に終わらせようとしたのだが、ニルナール帝国はそれを黙殺し続けて相手国を完全に征服し、併合している。

光の神を形だけしか信仰しない不信心者の国。傲慢な軍事大国。忌むべき冒瀆《ぼうとく》を繰り返す国家。

それがフランツ教皇国のニルナール帝国への評価であった。

たとえ、フランツ教皇国が軍事的に助けられたはずの南部諸国を見捨てていたとしても。

いや、現実はもっとひどい。このパリスという男は南部諸国の足元を見て、寄付金と引き換えに光の神のご加護とやらを約束すると告げていたのだ。それも膨大な額の寄付金だ。ある意味では南部諸国はフランツ教皇国にも食われていたのだ。

「ニルナール帝国はマルーク王国と国境を接しております。彼らとて隣国がえたいのしれぬものたちに占拠されたとなれば、腰を上げ、我々の戦列に加わるでしょう。そうでなければ、ニルナール帝国が怪物の侵略を受けても我々は無視すると告げればいいのです」

そのような事実などないようにパリスが告げる。

「そうだな。彼らには少しばかり我々の教権というものを思い出してもらわねば。あの国も崇める神は同じ光の神なのだから」

ニルナール帝国が共同歩調を取るかどうかが大陸諸国会議の留意点だ。彼らは大陸で最大の軍事力を有している。南部一帯を支配した軍事力は健在で、今でも虎視眈々《こしたんたん》と北進することをもくろんでいるとすら言われている。

「そういえばエルフたちについてはどうなっている？　怪物は中央のエルフの森から現れたと聞いているが」

「エルフたちについてはいまだに蛮族です。奴《やつ》らは依然として光の神を崇めず、野蛮な森の神を崇めています。森の神とやらに生け贄《いにえ》を捧げているのです。奴らを教化することは不可能でしょう。あの蛮族は救いようがないものです」

フランツ教皇国もエルフたちを蛮族だと見做《みな》している。エルフに関する不確かな噂《うわさ》を流したのはそもそものところフランツ教皇国なのだ。彼らがエルフは野蛮だと宣伝して、光の神こそが正しい神だと告げて回っているのだ。

もちろん、すべての国がそれを信じているわけではない。

ニルナール帝国では近隣のエルフが細々ながら普通に交易を行っているし、シュトラウト公国は最下層民に位置付けながらも一応の権利を与えている。

フランツ教皇国と旧マルーク王国だけが、エルフにいっさいの権利を認めていない国であった。

「では、大陸諸国会議はいつごろ開くべきだと思うかね？」

「ニルナール帝国への根回しが済んでからにするべきでしょう。ニルナール帝国が会議を乱さないように、根回しをしておかなければ。いささか袖《そで》の下も必要となるでしょうが、ご許可をいただけますか？」

「許可しよう。交渉ごとに金貨はつきものだ」

ニルナール帝国への根回しは言葉だけでは成功しないだろう。この手の物事には時として多くの金貨が必要となる。ニルナール帝国の大使が会議を台無しにしてしまわないように、大使が少なくとも会議の進行に同意するだけの準備はしておかなければ。

「では、さっそく」

「待ちたまえ。冒険者に任せるのも結構だが、我々独自での調査も必要ではないか？」

パリスが動こうとするのに、ベネディクトゥス三世がそう告げた。

「となると、神秘調査局四課を？」

「そうだ。ニルナール帝国の動向を探るのにも、エルフを調べるのにも、マルーク王国を調べるのにも」

フランツ教皇国には諜報《ちょうほう》を担当とする神秘調査局という部署が存在する。それは各セクションに分かれ、四課は極秘調査を担当するセクションだった。時折、暗殺なども実行する。それだけダーティーなセクションだ。

「わかりました。神秘調査局には秘密裏に命じておきます」

「任せたぞ」

かくて、フランツ教皇国はひそかに動き出した。

そのころ、大陸の各地でも動きがあった。

*

シュトラウト公国首都ドリス。

この交易と金鉱山で栄えた国家にもマルーク王国の凶報は響いていた。

「マルーク王国が壊滅した可能性だって？」

セザール・ド・シャロン第十三代シュトラウト公爵は驚きの表情を浮かべた。この中年の男の表情には驚きの色と同時に、悲壮な色が刻み込まれていた。まるで世界が終わってしまったと知らされたかのような表情だ。

シュトラウト公国という一国の長たるセザールがそのような表情を浮かべてしまうほどに今回の知らせは衝撃的であった。

「はい、陛下。マルーク王国は謎の生物の攻撃を受けて王都シグリアまでもが陥落した模様です。現在、あの国に入ることはできません。国境線にはその謎の生き物がうろついており、侵入者を攻撃するのです」

宰相のカロン・コルベール枢機卿がそのように報告する。

宰相のカロンはセザールがもっとも信頼する部下だった。光の神を崇める宗派の枢機卿ながら世俗の問題にも詳しく、彼の長年の政治的経験や持ち前の外交的センスはセザールの政権を支えている需要な要素だ。

何より光の神を崇める総本山であるフランツ教皇国からはある程度距離を置き、中立的な立場から意見を述べてくれるのがセザールにはありがたかった。これまでの枢機卿たちはあまりにもフランツ教皇国に夢を見すぎていたがために。

「ああ。参ったな。まさかそんなよくわからない理由でマルーク王国を失うことになるだなんて。彼ら――彼らの軍事力には南部のニルナール帝国への抑止力として機能することを期待していたのに……」

「我が国の軍隊はお飾りレベルでどうしようもありませんからな。マルーク王国に引っ付いていればニルナール帝国も我々を攻めないと思っていたのですが」

セザールが呻《うめ》くのに、カロンが肩を竦《すく》める。

「まったくだよ。我が国がいくらマルーク王国に貢《みつ》いだと思ってるんだい。我が国は今は金満国家だが、いつ落ち目が来るかわからない。突如として金の価格が暴落するかもしれないし、ニルナール帝国が攻めてくるかもしれない。そうなったときのためになあ……」

シュトラウト公国は交易と金鉱山で栄えてきた国家であった。経済的には非常に豊かであり、いくつもの商業ギルドが連合を組んで、それが国家を形成している。各国への貸付金は相当額で、東部商業連合というもう一つの国に並んで外貨準備高も大陸最大規模だ。

そのことはフランツ教皇国への多額の貸付金に見て取れる。フランツ教皇国では教皇から助祭に至るまでシュトラウト公国の銀行家から借金をしているのだ。フランツ教皇国のみならず、ほかの諸外国もシュトラウト公国の銀行家に借金がある。かのニルナール帝国ですら、シュトラウト公国の銀行家に借金があるものは少なくないのだ。

そんな商業的な国のトップは選挙で選ばれるものであり、セザールも数年前に当選して、シュトラウト公爵の地位を手にしていた。位こそ公爵であるが、その富と権力は大国ニルナール帝国皇帝に匹敵するものである。事実上の公王だ。

また、この手の統治方法は大陸南東部に位置する同じような商業的国家である東部商業連合でも行われている。選ばれたギルド長や貴族たち、大富豪たちだけが選挙権を有する限定的な民主主義だ。いまだに本格的な民主主義はこの世界では行われていない。そのようなものをまだこの世界は必要としていない。

内需としても不足なく人口が存在し、外国への多額の貸し付けもあり、それが踏み倒されない限り経済破綻はありえない商業国家シュトラウト公国。

そんな金に溢《あふ》れるシュトラウト公国にも問題はあった。

軍隊が弱いのだ。それも非常に。

選挙権を有し、選挙の際には莫大《ばくだい》な寄付金で影響力を発揮する商業ギルドの幹部たちは軍隊という金食い虫に出資するより、より見返りが見込める交易に出資することに熱心だった。そのためシュトラウト公国の陸軍はないも同然とすら言われる始末であった。海軍はアトランティカという幻の海賊島を根城とするらしい海賊対策のためにそれなりのものが組織されていたのだが。しかしながら、陸軍の脆弱《ぜいじゃく》さは笑いの種であった。

もちろん実際はそこまでひどいものではない。

シュトラウト公国軍はシュトラウト公国の国境付近に広がる山がちな地形を生かして国家を防衛する山岳猟兵部隊が充実しており、それに金さえあるならばよその国や地域から強力な傭兵団を引っ張ってこれる。

だが、それはいざ戦時になった場合の話。

平時から多大な軍隊を維持することはギルド長たちや銀行家が反対する。しかし、ニルナール帝国に奇襲攻撃でも受けた場合には、その国家と財産を守るのは少数精鋭の山岳猟兵部隊しか存在しないのだ。

そこでシュトラウト公国はマルーク王国と友好関係を築き、軍事同盟を締結することを狙っていた。マルーク王国軍は大陸でも有数の規模であり、マルーク王国と同盟していれば、ニルナール帝国が迂闊《うかつ》にもシュトラウト公国に手を出すはずはないという考えからであった。

いわゆる集団防衛だ。

これはセザールが推し進めた政策で、彼は大量の金貨でマルーク王国を誘惑し、あと一歩で軍事同盟が結べるところまで来ていた。そう、あと一歩のところで長年のセザールの政策は成功するところだったのだ。

だが、それがマルーク王国に謎の怪物が侵攻し、マルーク王国を殲滅《せんめつ》したことですべてがおじゃんになった。

おそらくセザールのマルーク王国との同盟政策に反対だった――彼らはフランツ教皇国との同盟

を望むか、あるいは脅威などないと言い張っていた――ギルド長たちと銀行家たちはセザールをこぞって非難するだろう。彼のシュトラウト公爵としての地位も今期で終わりかもしれない。いくらそのギルド長や銀行家たちが、フランツ教皇国やニルナール帝国から魅力的なビジネスチャンスを示されて靡《なび》いた売国奴に等しい存在であったとしても。

「……マルーク王国の代わりにフランツ教皇国をパートナーにするのはやはり無理かな？　これは前にも一度話し合ったと思うのだけれど……」

「宗教色がずいぶんと強くなる恐れがありますが。金儲《かねもう》けには興味があっても、神には興味がないギルド長たちには反対されるでしょうし、フランツ教皇国と今から同盟を結ぶとなると、また大量の寄付金をせびられるでしょう。平素からあの国は光の神の代弁者たる教皇の座に多くの寄付金を望んでいるのですから。あの国は教権を盾に金をゆするのです。ニルナール帝国がワイバーンを盾にして金をゆするように」

セザールが呟《つぶや》くように告げるのに、カロンがそう告げた。

「つまりはフランツ教皇国との同盟にはギルド長たちと銀行家が応じない、と」

「彼らはそれには反対するでしょう」

「どうせ何をやっても反対するよ、彼らは。彼らは反対することが仕事なんだ。とにかく、我々にはどうあっても同盟国が必要だ。我々だけではニルナール帝国に対する抑止力となりえる軍隊を作れない。それに……」

「それにマルーク王国を襲った未知の怪物たちが我が国に攻め込んでこないともかぎらない、ですね」

そうなのだ。マルーク王国は隣国だ。隣国が謎の怪物に襲われれば、次に自分たちの国が襲われることを恐れるのは施政者として当然のことである。

シュトラウト公国では現在国境地帯に山岳猟兵を配置し、西から化け物が現れないかを必死に見張っている。いざとなればその身を犠牲にしてでも祖国を守ると誓った軍人たちが、怪物の姿に怯《おび》えながら西を見張っている。

「そういうことだ。怪物を食うのはいいが、怪物に食われて死ぬなんてのはごめんだぞ。早急にマルーク王国との国境の警備を固めて、警戒態勢を取らせておかなければ。必要とあれば傭兵と冒険者を動員してくれ。これまでマルーク王国に投資してきた資金で予算は補うから」

セザールはそう告げて、マルーク王国との国境警備に関する書類を手に取る。

「これから、ギルド長たちにも事態が深刻だということを理解してもらわねばなりませんな」

「ああ。いざとなればエルフだって動員する気持ちでいかなければ。ニルナール帝国も怖いが、国を滅ぼす怪物だって恐ろしい」

セザールとカロンはそう言葉を交わし合い、シュトラウト公国の進路を決めた。

＊

ニルナール帝国帝都ヴェジア。

大陸南部一帯を支配するニルナール帝国の帝都ヴェジアは今や大陸最強の国家の帝都として君臨

するにふさわしく整備されていた。大通りはどこまでも広く、ギルド街が立ち並び、鉄を打つ音と商人が客を呼ぶ声はとぎれることなく、城壁は大陸最大級で、そこら中に帝国の象徴である剣を携えた赤い竜の旗が翻っている。

剣を携えた赤い竜。それはニルナール帝国のただの象徴ではない。それは今現在のニルナール帝国を支え、その威光を外国に対して示す軍事力の象徴である。

赤い竜。ワイバーン。空を自在に飛び交う鱗《うろこ》に覆われた竜。敵に死を運ぶものども。死者をむさぼる戦場のハゲタカども。

ニルナール帝国はこのワイバーンを使って南部に乱立していた国家群を次々に侵略し、飲み込み、巨大帝国へと成長した。四年前まではニルナール帝国は南部のひとつの国にすぎなかったものが、突如として出現したワイバーンという存在によって南部一帯を統一してしまい、一気に列強へと躍り出た。

この新参者に各国は警戒心を抱いている。いまだなおあの国は領土への野心に満ち溢れているのだとして。マルーク王国はテメール川の付近に恒久的な城塞を建設した——今回の襲撃でそれらは完全に破壊された——し、シュトラウト公国は抑止力となる同盟国としてマルーク王国に急速に接近したし、フランツ教皇国は何度も光の神の名において、軍備を制限せよと圧力を加え続けてきた。

そして、この傲慢な大国はそれらすべてを無視した。

我々こそが大陸最大であるとの誇りと威信において。彼らはまだやるつもりなのだ。そう、この大陸すべてを統《す》べるという大きすぎる野望の実現を。この大陸全土を赤い竜の旗の下に統一してしまうということを。

そして、この大陸最大のプレイヤーにも、マルーク王国の情報はすでに聞こえていた。

「皇帝官房第三部から上がった情報ですと、化け物たちはマルーク王国を完全に征服したようです。王都シグリアの大使館からの連絡も途絶えており、ほかの都市を見てもすべて怪物に覆い尽くされている、と」

そう告げるのは三十代半ばの男で、名をベルトルト・フォン・ビューロウという。皇帝の執務全体を管理する皇帝官房長官の地位にある男性だ。

この鷲鼻《わしばな》が特徴的な男の経歴には謎が多い。貴族の地位が与えられたのは最近――前皇帝の時代のことであり、それでいて皇帝の右腕として手腕を振るうこの男についてさまざまな組織が調査した。同じ帝国の貴族たちが召し抱える間諜《かんちょう》たち。シュトラウト公国外務部別室。フランツ教皇国神秘調査局四課。東部商業連合の情報ギルド。だが、その誰もがこの男がどうして皇帝の右腕にのし上がったのか理解できる材料を手に入れることはできなかった。

ただ、この男の現れと共にニルナール帝国は南部での戦火を広げ始めただけだ。

「なるほど。マルーク王国は怪物なぞに屠《ほふ》られたか。惨めな国だ。かの国の軍備は見掛け倒しだったようだな。こうなるならば我々が先にマルーク王国に攻め入っておくべきであったぞ」

ベルトルトの言葉にそう応じるのは壮年の男――マクシミリアン・フォン・ロイヒテンベルク。ニルナール帝国による南部統一を成し遂げ、ニルナール帝国を世界から恐れられる国家に変えたひとりの男だ。

マクシミリアンは五年前に前皇帝フリードリヒ三世から皇位を継承した。そして、自らが突如として始めた南部統一戦争の指揮を執り、南部諸国を食い荒らしたのだ。

列強諸国はこの男を恐れ、彼の存在を忌み嫌うフランツ教皇国はこの男はこの世界でもっとも悪魔に近い存在だとする説教までしていた。シュトラウト公国でもその悪評は響いている。あの男は地獄の底から誕生し、悪魔のごとく地上を支配するのだと。それだからこそ、シュトラウト公国は皇帝の対立者やその支持層に資金援助を行い、彼を引きずり降ろそうとしたのだ。

フランツ教皇国の試みも、シュトラウト公国の試みも、どちらも失敗したものではあるが。

そのような皇帝マクシミリアン。

どこまでも領土欲に飢え、軍の背骨を成すワイバーンと皇帝官房長官ベルトルトが計画したさまざまな陰湿かつ狡猾《こうかつ》な陰謀と共に南部を蹂躙《じゅうりん》した帝国の皇帝。帝国臣民はこの男を英雄だと讃《たた》えて敬い、列強諸国と亡命した旧南部諸国の貴族たちはハゲタカたちを率いる憎むべき存在としてどこまでも憎悪している。

実際にマクシミリアンがどうして戦争を始めたのか。それを知るものは少ない。ただの野望ゆえの行動なのか。英雄願望に取りつかれたという幼稚な理由での侵略戦争なのか、はたまたこれから先のニルナール帝国の行く末を見据えた計画的軍事行動なのか。

だが、それらいずれにしても彼の行動には焦りのようなものが感じられた。何かに急《せ》かされるようにして、大陸を切り取っていると感じられた。この大陸の覇者と言っていいマクシミリアンを急かすものなど存在しないだろう。

ただ、ひとつだけ確かなことはこの皇帝は南部諸国を食い荒らしただけではけっして満足しておらず、その手を北へと伸ばそうとしているということだった。

赤い竜と剣の軍旗を携えた軍隊が、今も帝国には数十万と存在し、虎視眈々と北部諸国を狙っているのだ。

さて、話を戻そう。アラクネアによるマルーク王国殲滅の知らせはマクシミリアンにも届いた。

彼らは次の標的としてマルーク王国を狙っていたのだから当然だろう。

「いえ、陛下。情報によりますと怪物たちは恐るべき力を持っているとのことです。我々の偵察隊が国境付近で怪物と交戦したところ、こちらの攻撃はほぼ効果がなく、敵のあまりの速度に我々の軍は撤退に追い込まれています」

「ふうむ。敵も馬鹿にできぬということか。たかが怪物とあなどることなかれ、と」

ベルトルトが報告するのに、マクシミリアンが顎を摩《さす》った。

すでにベルトルトの命令で武装した偵察部隊がマルーク王国とニルナール帝国を隔てる大河テメール川を渡河し、アラクネアの守備部隊と交戦していた。交戦と言っても小規模なもので、かつアラクネアによる一方的な攻撃であったが。

「怪物についての具体的な情報が欲しい。今、集まっただけの情報を分析し、さらに新たな情報を獲得せよ。どの国にも先駆けて我が国が、怪物の情報を手にしておく必要がある。この怪物は大陸の情勢を揺るがしそうだからな」

マクシミリアンはこれがただの怪物騒ぎではなくなりそうだという予感がしていた。大陸全土を巻き込む騒動に発展しそうであると。

「畏《かしこ》まりました、皇帝官房第三部には怪物の情報収集を命じておきます」

皇帝官房第三部は外交的な秘密工作と情報収集を担当する部署である。フランツ教皇国の神秘調査局四課に相当する部署であり、南部統一戦争においても、南部諸国が団結してニルナール帝国に立ち向かうことを阻止する情報操作を行い、哀れな南部諸国を分断し続けた悪魔の言葉を囁《ささや》きしものたちだ。

「それからフランツ教皇国の情報についてもな。奴らはこれを機会に光の神とやらの名の下に団結せよと言い出すぞ。その狙いは奴らが大陸の軍事的な盟主となることにほかならん。そんなことを許すつもりはない」

ベルトルトがうなずくのに、マクシミリアンがそう付け加えた。

彼はすでにフランツ教皇国が大陸諸国会議を招集しようとしていることを悟っているようだ。そして、その場で各国に軍の指揮権をフランツ教皇国に委ねさせ、彼らが大陸の軍事的な盟主となろうとしているのではないかとも疑っていた。

「フランツ教皇国からまだ連絡はありませんが、陛下はフランツ教皇国が何かしらの動きに出るとお考えなのですね？」

「そうだ。我々の南部統一に何度も文句を言ってきた連中だぞ。この怪物騒ぎの際に黙って見ているとは思えん。光の神、光の神と馬鹿のように騒いで、自分たちにとって都合がいいようにことを動かすだろう」

「まったく、そのとおりです、陛下。あの者たちは信頼のおけるものたちではありません」

実際にフランツ教皇国は大陸諸国会議を招集するつもりであった。それがマクシミリアンが思っているように大陸の軍事的主導権を握るためかは不明であるが。

「そして、おそらくフランツ教皇国は我が国の外交官どもを買収するはずだ。買収を受けたものは吊《つ》るし首にすると宣言しておけ」

「畏まりました、すべてのものに布告を出しておきます」

どうやらフランツ教皇国による買収工作もお見通しのようだ。

「買収されるのは外務省に勤める貴族たちだけとは限らない。貴族たちに同伴する使用人を買収し、情報を得ることも考えられる。すべての事態に対応できるよう、すべての敵国の買収を受けたものは吊るし首にせよ。例外はなしだ。このニルナール帝国を謀《たばか》るものたちは、すべて死なければならぬ。それでこそ我々が帝国の威信を維持できるというもの」

「畏まりました、陛下」

マクシミリアンが告げるように買収の手はどこに及ぶかわからない。本国との重要なやり取りというのはえてして多くの人間が関わる。そのような場合、どんな低い身分のものでも、外交文書を盗み見ることができる可能性があった。

外交文書の内容が別の国に流れれば、それは外交カードを封じられる可能性すらある。ソフトパワーという面では脆弱で、外交カードは一枚でも多いほうが望ましいニルナール帝国において、それは致命的だ。

「テメール川については？」

「城塞を築き、兵を配置せよ。北部に向けている戦力の中から一定数の部隊を引き抜き、テメール川に向かわせよ。そして、城塞を築け。怪物たちが川を渡らないという保証はどこにもない。すべての可能性に備えておかなければ。我々まで怪物にむさぼられては笑い話にもならんぞ」

「畏まりました、陛下。将軍たちに命じておきます」

テメール川は天然の要害であったが、けっして渡河できない存在ではなかった。歴史では過去四回マルーク王国が、三回南部諸国がテメール川を渡河して、南部に、北部にそれぞれ侵攻している。もっとも最終的にはマルーク王国との国境線はテメール川に引かれたが。

「では、次はシュトラウト公国についていかがなさりますか？」

「そうだな。あの哀れな小国には寛大な軍事的援助を申し出てやれ。断るようならば、貴国が怪物の脅威にさらされても我が国は静観すると付け加えてな。怪物がマルーク王国を屠るほどに強大ならば、あの国は今ごろ怯えて大陸から逃げ出す準備を始めているぞ。所詮は東部商業連合と同じく金勘定しか能がない国だからな」

相手が軍事的援助を受けた場合、そのまま軍の駐留が常態化することだろう。事実上の軍事占領だ。

この手の手法は南部大陸統一戦争の際にも使われた。中立を維持しようとする国を敵国と挟み撃ちにし、戦争からの保護を名目に軍隊を駐屯させ、そのまま軍事力を背景に権力を握り、征服するという悪《あ》しき方法が。

　このような手段をニルナール帝国が好んで使うがためにシュトラウト公国のような国はニルナール帝国を恐れているのだ。あの選挙制の国で外国の軍隊が我が物顔で駐屯し、市民を脅迫すれば、あっという間に独立は失われるだろう。

「大陸から逃げる、ですか。逃げるのは簡単ですな。新大陸にいけばいい」

「そして、絶望するがいいさ。逃げ場などどこにもないという事実にな」

　ベルトルトが告げるのに、マクシミリアンが肩を竦めた。

「いずれにせよ、まずはフランツ教皇国と踊らねばならん。うまく踊れるといいがな」

　まずは大陸諸国会議において自国の主張を貫き通す。

　編制される連合軍の指揮権が握れれば幸いだ。それを利用して、各国にニルナール帝国軍を送り込み、流血なく占領することができる。もし、指揮権が握れずとも、連合軍への出兵をカードにすれば、大陸においてニルナール帝国の権威は高まり、外交的なオプションも増える。

「そして、この怪物騒ぎをうまく利用して更なる領土を獲得する。シュトラウト公国を、東部商業連合を、そしてフランツ教皇国を。この大陸を統一するのは我々であり、それは急務である。そうしなければならないのだ。この大陸に生きるすべてのものがあのおぞましい惨劇に見舞われぬようにするためには」

　戦争より、怪物よりおぞましい惨劇とはいったいなんのことなのであろうか？

「それから〝ゲオルギウス〟はどうなっている？」

「今も休眠状態です。覚醒を？」

不意にマクシミリアンが奇妙な話題を振るのにベルトルトがそう返した。

「場合によっては覚醒させなければなるまい。この竜の国——ニルナール帝国にして、グレゴリアの英雄なのだからな」

マクシミリアンはそう告げると椅子の背もたれに身をあずけた。

グレゴリア——マリアンヌと同じあのゲームの存在。

竜の国、グレゴリア。

――変異

「マルーク王国は滅んだ」

私がそう告げるのはバウムフッター村。

いまだに騎士団が仕掛けてきた戦争の痕跡が刻み込まれ、墓碑の並ぶその村の集会場において私は宣言した。そして、私はエルフたちを前に、捕虜にしたマルーク王国の要人たちを見せた。

「あれは第二王女のエリザベータでは……」

「まさか本当にマルーク王国が滅びたというのか……？」

エルフたちは誰もが信じられないという顔をして、捕虜たちを見ていた。

信じられないだろう。私が感じた限りこれまでマルーク王国はまるで玩具か野生動物のように一方的にエルフたちを支配していたのだから。だが、こうして現実を見せてやれば彼らははっきりと理解するはずだ。

マルーク王国の滅亡とアラクネアの強大さを。

「繰り返そう。マルーク王国は滅んだ。もう君たちを脅かす敵はいない。マルーク王国はこれよりアラクネアの支配下にはいる。だが、このエルフの森に暮らす君たちには高度な自治権を与えるつもりだ。この森は君たちの自治区とし、自分たちで統治するといい。もっとも外交などについては我々が監督させてもらうことになるが」

「それはありがたいことです。ですが、本当によろしいのですか？」

私がそう告げるのに、長老が私を見てそう答えた。

「構わない。ただ、軍は駐留させてもらうし、軍事に関しても我々が全面的に権限を握らせてもらう。調べたところ、この森と周辺地帯は北のシュトラウト公国、東のフランツ教皇国、南のニルナール帝国に通じる十字路となっていることがわかった。誰かがアラクネアと君たちに軍事行為を企《たくら》んだ場合、ここは戦場になるだろう」

「戦場！　この森がですか!?」

私の言葉にエルフたちは信じられないという顔をする。

なんとものんきな種族たちだ。地図をよく見ればここが大陸最大規模の四ヵ国に通じる交差点だとわかりそうなものなのだが。

確かにここには街道も走ってなければ、畑もない。この世界の現地調達や馬車による輸送に頼った軍隊が兵站《へいたん》を維持するのは困難だろう。

だが、困難と不可能は違う。困難はやる気があるならば、やり切れることなのだ。私がこれまで非常に困難な状況でも勝利してきたように。

「まあ、安心していい。君たちはアラクネアの庇護《ひご》下におかれた。君たちに何かしようという国がでるならば、我々が排除する。それともアラクネアの庇護下よりほかの国家の庇護下に置かれたほうがいいか？」

「いいえ！　とんでもない！　アラクネアの女王様のおかげで今や我々は安泰です。この間の襲撃で亡くなった者たちの仇《かたき》も取ってくださった。そのような方の庇護下に置かれているのが我々エルフにとってはいいことでしょう」

一応、意見を聞いておく。予想したとおり異論はないそうだ。

それもそうだろう。私が調べたところ、大陸最大級の国家はどこもかしこも光の神を崇《あが》めている。排他的で野蛮な宗教の信仰者たちだ。エルフたちは独自の森の神を崇めることを望んでいるのに彼らは光の神を押し付ける。

だが、それもアラクネアの庇護下に入れば心配ない。少なくとも私はエルフたちの信仰について一言も触れていないし、触れるつもりもない。神様なんていはしないんだから、好きなものを崇めればいいんだ。

神様がいればライサの祈りが通じてリナトは死ななかっただろうし、大量の人間を虐殺した私には天罰が下るはずなんだ。

いや、そうでもないか。現代人として信仰の在り方を知っている私にはわかる。神様は試練を課すのがお好きなのだ。人を試し、より高潔な人間になれるかどうかを確かめる。その点においては私は完全に失格だ。神様は私を軽蔑し、地獄に落とすという選択肢を取るだろうし、私はその結論に甘んじなければならない。

神様がいるのかどうかはわからないが、いるとしたら私のことを嫌っていることだけは確かだ。私は地獄行きだろう。

「それではこれからも我々の間で良好な関係が築かれることを望むよ。ここに契約書を準備した。この森のエルフたちはアラクネアの庇護下におかれるが、その自治権は保障されるという文書だ。誰かに代表になって調印してもらいたい」

私はそう告げてテーブルの上にアラクネアとエルフたちの関係を定義した外交文書を置いた。エルフたちは私の庇護を受け、自治政府を形成して、これからは外交を行うという旨の契約書だ。

これは字の書けない私に代わって、パラサイトスワームを寄生させたエリザベータに書かせた。いずれは私も読み書きができるようにならなければならない。幸いにしてスワームの集合意識があれば、学習という面では遥《はる》かに楽ができる。一体が文法を覚え、一体が単語を覚えれば、群れ全体が文法と単語の両方を学習することができるのだ。単語についても軍事的な用語、食べ物にまつわる用語、気象に関する用語などと区分して覚えていけば、あっという間に学習することが可能になるだろう。

これからは捕虜にしたエリザベータたちを使って、この世界における読み書きについて学ばなければならないな。

「では、私が」

名乗り出たのは当然のことながら長老だった。

「では、そこに君の名前を記して。バウムフッター村の代表者であることも」

「ここにですね」

長老はエルフの文字で名前を書いたが、エルフの文字も私には理解不能だ。なんて書いてあるかわからない。ひょっとすると馬鹿とか書いてあるかもしれない。

でも、私は長老を信じることにした。彼らはアラクネアの圧倒的な力を見ている。いまさら逆らったところで利益がないこともわかっているはずだ。理解していないならば、理解させるだけの話である。

「では、ここに私が私の名前と――」

そこまで告げて私は衝撃を受けた。


私の名前は何だった？


日本にいたときには確かに自分の名前があったはずだ。だが、それが思い出せない。どうしても思い出せない。まるで最初から私には名前がなかったかのように、きれいさっぱり、思い出せずにいる。

「アラクネアの女王様……？」

長老が心配して声をかけてくるが私は吐きそうだった。

まさか意識が完全にアラクネアに飲み込まれてしまったのか。そうなのか。だから、忘れてしまったのか。

「女王陛下……？」

セリニアンも私を心配そうに見つめてくる。

そうだ、セリニアンには名前があるじゃないか。アラクネアの集合意識と繋《つな》がっていても、私が名前をなくすことはあり得ない。

「セリニアン……」

「なんでしょうか？」

私が呟《つぶや》くように告げるのに、セリニアンが尋ねる。

「セリニアン。私に名前を付けてくれ。なんでもいい。私に名前を……」

「名前、ですか……？」

私が縋《すが》るようにそう告げるのに、セリニアンは困った表情を浮かべた。

「グレビレア、というのはどうでしょうか？」

「グレビレア……？　どういう意味だ？」

「蜘蛛《くも》の花と呼ばれる花の名前です」

セリニアンが告げたのはスパイダーフラワーとも呼ばれる。きれいな花の名前。

アラクネアの女王にはふさわしい名前なのかもしれない。

「よし。ありがとう、セリニアン。今日から私はグレビレアだ。アラクネアの女王グレビレア。それが私の名前」

名前を得た私は少しだけアラクネアの集合意識から遠のいた気がした。それが良きことなのか、悪《あ》しきことなのかは別として。私は自分が自分であることに安堵《あんど》した。まだあの無名のスワームたちに完全に飲まれてしまったわけではないと。

「名を記す。グレビレア。アラクネアの女王」

私は契約書に名前と称号を記す。新しい名前を。

「これで契約は交わされた。これによって私と君たちがこれから良好な関係で結ばれ続けることを祈る」

こうして森のエルフたちはアラクネアの庇護下に入った。中にはアラクネアの庇護下に入ることに反発したものもいたが、相手がマルーク王国を滅ぼした勢力だと知り、自分たちが今や大陸最大級の国家に狙われていることを知ると、意見を翻《ひるがえ》し、バウムフッター村長に倣《なら》った。

「これでエルフの森は暫《しば》しの安寧を得るだろう。我々は大陸最大級の国家群を敵に回してもある程度は勝利できる可能性があるのだから、ね」

私はそう告げてアラクネアの最初の拠点がある場所に戻ってきた。

今もここはアラクネアの拠点だ。しばらくの間は使われていなかったが、今も動力器官に受胎炉、肉臓庫などの必要なものが揃《そろ》っている。それに最新の設備として、ある施設も建造した。これを使う機会はまだ先だろうが。今は資源が足りず、この施設でユニットを生産することはできないのだ。

「さて、今日はバウムフッター村で食事をしてきたから、食事をしなくてもいい。長期遠征期間中の干し肉と硬いパンにはさよならだ。今日はゆっくりと風呂に入ってから、ふかふかのベッドで寝るとしよう」

先ほど最新の設備と書いたが、それは別に風呂のことではない。風呂は以前、私が体を洗いたいと思ってワーカースワームに作ってもらったものだ。

「セリニアン。いっしょに入るか？」

「よろしいのですか？」

私が風呂に向かいながら尋ねるのに、セリニアンが驚いた表情を浮かべる。

「ですが、私は鎧《よろい》が脱げませんのでお邪魔になるかと……」

「そうか。君は鎧が脱げないんだったね……。擬態《ぎたい》でもダメか？」

セリニアンの纏《まと》っている鎧はセリニアンの体の一部だ。外したり、脱いだりすることはできない。少なくともセリニアンが今の形態である限り不可能だ。だが、どうにかできないわけではないと思うのだが。

「試してみないことにはなんとも……」

「ふうむ。いつか大きな温泉でも手に入れたら考えよう」

セリニアンといっしょにお風呂に入るのは大変そうだ。

「女王陛下」

私がどうやって風呂に入ろうかと悩んでいる間に、声が響いた。

アラクネアの拠点はリッパースワームによって警備されている。簡単に侵入できるはずがない。

警備に当たっている彼らにここに通していいとしているのは、食料を納めに来るものや長老など一部の親しいエルフたちだけだ。

「ライサ?」

現れたのはライサだった。

「どうした、ライサ? 何か用事か?」

「はい。アラクネアの女王様に頼みたいことがあって……」

私が尋ねるのに、ライサが言いにくそうに私に告げてきた。

「私もアラクネアの女王様の軍勢に加えてもらいたいんです」

ライサの告げた言葉は意外なものだった。

「私の軍勢に加わりたい? なぜ?」

「私は思ったんです。このままではいけないって。リナトが死んだとき、私にもっと力があれば、リナトを救えたはずなんです。だから……」

心底疑問に感じて私が尋ねるのに、ライサはそう告げて返した。

そうだったな。ライサは幼なじみで、恋をしていたリナトを殺されたんだった。そのことをいまだに考えているのだろう。当然だ。幼いころから共に育って、結婚することまで約束していた相手を殺されて何も感じないほうがおかしい。

「あいにく、エルフは私の軍勢に必要ない。君が望んでも私の軍勢には加われないよ」

「お願いします! 私もセリニアンさんのような力が欲しいんです!」

エルフの弓の技術は評価するけれど、私の戦い方には合わない。

アラクネアはその集合意識で結ばれ、敵より遥かに膨大な数が連携して襲い掛かることが脅威なのだ。エルフをそこにひとり加えても特に役には立たないだろう。セリニアンのように進化するユニットであるならともかくとして。それに、そのセリニアンですらも集合意識には繋がっている。

「……なら、エルフをやめる覚悟はある？」

私は静かにそう尋ねた。

「エルフをやめる……？　どうやって？」

「方法はじつに簡単だ」

そう、方法は簡単だ。

「これは転換炉。外部の生き物をスワームに変える設備だ。熊や狼《おおかみ》といった野生動物や魔獣と呼ばれる生き物を捕まえて強力なスワームに変えようかと思って作ったんだけれど、これはエルフにも効果があると思っている」

私がワーカースワームたちに作らせた新しい設備。それは転換炉。

これはアラクネア陣営外の生き物をスワームに転換する代物だ。熊を捕まえて転換炉に押し込めば熊の特性を持ったスワームが生まれるし、狼を捕まえて押し込めば普通のスワームより嗅覚が優れたスワームを生み出せる。同時に彼らの忠誠を手に入れることができる。スワームになるということは集合意識に繋がれることを意味するのだから。

私は野生動物や魔獣と呼ばれる生き物を標的としてこの施設を建造した。

そこにエルフを入れれば……どうなるかはわからない。

だが、ゲームでは捕らえた人間などを入れても転換炉は正常に機能し、人間のスワームを生み出していた。そもそもセリニアンはアラクネアの女王に忠誠を誓った際に、ほかでもないこの転換炉に入って生まれたという設定を持っているのだ。

エルフでも同じだと思いたいが、懸念すべきことはある。

それは自分の意識だ。

「事前に言っておくけれど、スワームは集合意識を持っている。君がスワームになるならば、その集合意識に取り込まれることになる。下手をすると今持っている意識を喪失してしまうかもしれない。それでも構わなければ……」

私はそう忠告してライサを見た。

ライサはスワームではない。独自の性格と意識を持ったエルフだ。それがアラクネアの集合意識に飲み込まれてどのようになるのかは、いまのところ私には想像もできないことであった。集合意識に飲み込まれて彼女が愛したリナトのことすらも忘れ去ってしまうのか、私のように集合意識の中にあっても個性というものを維持できるものなのか。

「お願いします。私も強くなりたい。リナトを失ったような目に遭うのはもう嫌なんです」

ライサの決意は固かった。私が忠告しても気にしていないという具合だ。

彼女はけっしてリナトのことを忘れないという強い決意があるのだろう。対する私たちアラクネアの集合意識にもリナトの死については深くに思い出となって残っている。あのとき我々はマルーク王国を殲滅《せんめつ》するという戦争を決意したのだから。

「わかった。なら、転換炉に入って。すぐに終わる」

私はそう告げてあたかも悪名高き拷問器具アイアンメイデンのようになっている転換炉を開いて、ライサに軽く手招きした。

「はい」

ライサはひとつ息を飲むと、転換炉に入った。

そして、私は扉を閉じる。

「あ、あ、あああっ！」

「ライサ？　ライサ、大丈夫？」

転換炉の中から悲鳴じみた声が上がるのに私が慌てて声をかける。

そして、悲鳴が止まったとき、転換炉が開いた。

「これがスワーム……」

ライサの姿は変わっていた。背中からはセリニアンのように蟲《むし》の足が八脚突き出し、蠍《さそり》のような尾部が付いている。彼女は新しい体に混乱した様子で、腕を動かしたり、尾部を動かしたりしていた。

「どうだい。まだ自分の意識は保っている？」

「はい。大丈夫です」

ライサの意識は集合意識には飲まれていないようだ。私といい、セリニアンといい、元の人格が存在するものは集合意識に飲まれにくいのかもしれない。

「ライサ、擬態は使える？」

「擬態、ですか？」

私はやや興味があることを尋ねた。

「元の自分の体を思い浮かべてみて。とても強く」

「元の自分の体を……」

私が告げるのにライサが唸《うな》りながら自分のエルフだったときの体を思い浮かべる。

するとライサは栗毛《くりげ》色の髪をふたつ結びにして纏めたチュニックとズボン姿のエルフの姿に変わっていた。

「元に戻った……？」

「元には戻っていないよ。文字どおり、擬態しているだけ。ちょっと気が緩むとスワームの姿に戻るから気をつけて」

ライサが目を白黒させるのがおもしろい。

「さあ、じゃあ、これからよろしく、ライサ。そして、ようこそアラクネアへ。私たちは君を歓迎する」

こうして私はライサをアラクネアに迎えた。

擬態持ちがふたりになったことで取れる戦略の幅は広がったな。

＊

戦争が始まった。

忌《い》むべき戦争が始まった。すべてを飲み込む戦争が始まった。

そうだ。大戦争が始まった。

戦争の犬どもは解き放たれ、皆殺しの雄叫《おたけ》びを上げる。

この戦争を始めたのはアラクネアという謎の国家。これまで誰も知ることのなかった存在。それが突如として現れて牙をむき始めた。異形の蟲たちが闇の底から這《は》い出《だ》し、マルーク王国を飲み込んだ。そして、女王に率いられる蟲たちは次の攻撃を今か今かと待ち構えているという。

人々はこの戦争を後にアラクネア戦役と呼ぶ。

都市で、農村で、城塞で、高級住宅街で、ギルド通りで、貧民街で戦争の呼び声がこだまする。兵士を呼び、将軍を呼び、不和を呼び、殺戮《さつりく》を呼ぶ声があちらこちらでこだまする。

皇帝は、国王は、諸侯たちは召集を始め、傭兵《ようへい》団が隊列を組んで前進し、城壁を工兵隊がいっそう厳重に強化していく。長年の平和で使われていなかった城壁にも真新しい軍服を纏った兵士たちが守備に就き、西に向けて視線を走らせる。兵士たちがバリスタを、クロスボウを構えて西を向く。

西だ。敵は、蟲たちは西からやってくる。西に目を向けよ。西を見張れ。そして、敵がくれば声を上げよ。戦を告げる喇叭《らっぱ》を吹き鳴らし、狂気じみた悲鳴を上げよ。たとえ喉を掻《か》き切られようと、それこそが兵士の務めである。彼らは軍人となった時点で自分の身を犠牲にすることは覚悟していたはずだ。相手が蟲の集団であろうとも、だ。

さあ、蟲への備えはできているか？

答えが否であれば君たちはもう手遅れだ。君の祖国は蟲の大軍によってむさぼられ、君の治める国民は揃って肉団子に変えられてしまうだろう。あの蟲の津波を押しとどめる術《すべ》を思いつく限り実行しなければ、もはや生き残ることは難しい。

この世はまるで地獄の蓋を開けたような様相となり果てた。

ああ。暴虐なるアラクネアよ。

あの恐ろしく、傲慢極まりないニルナール帝国ですらなりを潜めるとは汝《なんじ》は本当に恐ろしい存在だ。光の神がすべてを照らすと信じているフランツ教皇国ですら影が差す存在だ。ほかの国々に恐怖としか映らない存在だ。

次に蟲の洪水が押し流すのはどこか。誰もが恐れを抱いて、それに備えている。

シュトラウト公国も、フランツ教皇国も、ニルナール帝国もその他の小さな国々も獰猛《どうもう》極まりない怪物たちの洪水を恐れ、備えている。

「北東だ」

アラクネアの女王は告げる。

集合意識の中にその命令が駆け抜け、スワームたちの複眼が北東を向く。

北東にあるその国家は――――。

第616特別情報大隊（だいろくいちろくとくべつじょうほうだいたい）

熊本県熊本市出身。大学では院まで進み、微生物を研究する。以前から小説を書いてみたいと思っていたところ、小説投稿サイト「小説家になろう」の存在を知り、2014年7月から投稿を開始。本作がデビュー作となる。

レジェンドノベルス
LEGEND NOVELS

女《じょ》王《おう》陛《へい》下《か》の異《い》世《せ》界《かい》戦略《ストラテジー》 1

2018年10月5日　第1刷発行

［著者］　第《だい》616《ろくいちろく》特《とく》別《べつ》情《じょう》報《ほう》大《だい》隊《たい》
［装画］　巖《いわ》本《もと》英《えい》利《り》
［装幀］　石沢将人（ベイブリッジ・スタジオ）

［発行者］　渡瀬昌彦
［発行所］　株式会社 講談社
〒112-8001 東京都文京区音羽2-12-21
電話　［出版］03-5395-3433
　　　［販売］03-5395-5817
　　　［業務］03-5395-3615

［本文データ制作］　講談社デジタル製作
［印刷所］　凸版印刷株式会社
［製本所］　株式会社若林製本工場

N.D.C.913 270p 20cm ISBN 978-4-06-513259-3

レジェンドノベルス
LEGEND NOVELS